JULES GRISEZ-DROZ

HEURES

D E

MÉLANCOLIE

1886-1890

RECUEIL DE POÉSIES

PRÉCÉDÉ

D'UNE LETTRE DE M. PAUL DÉROULÈDE

MONTBÉLIARD

IMPRIMERIE AD. PÉTERMANN

1891

HEURES DE MÉLANCOLIE

JULES GRISEZ-DROZ

HEURES

DE

MÉLANCOLIE

1886-1890

RECUEIL DE POÉSIES

PRÉCÉDÉ

D'UNE LETTRE DE M. PAUL DÉROULÈDE

PRIX : 3 FR. 50

MONTBÉLIARD

IMPRIMERIE AD. PÉTERMANN

1891

NOTE DE L'AUTEUR

En composant ce recueil de vers, j'ai voulu prouver que l'ouvrier a quelquefois la faculté de penser; mais j'ai voulu avant tout, comme tant d'autres, faire mon livre, sans cependant vouloir descendre la Gloire de son piédestal.

Je dédie mes « Heures de Mélancolie », aux âmes tendres, et plus particulièrement aux dames, qui, je l'espère, me comprendront.

Si par aventure, ce modeste recueil a la bonne fortune de tomber entre les mains d'une lectrice ou d'un lecteur, d'avance je réclame l'indulgence.

JULES GRISEZ-DROZ.

Croissy-sur-Seine, 14 Janvier 1891.

Cher poète,

Comme je vous l'avais promis hier, j'ai lu aujourd'hui d'un bout à l'autre votre intéressant manuscrit.

Il y a beaucoup de grâce et de poésie dans vos vers. Un peu trop d'épithètes peut-être. Mais si la force du rhythme et de l'expression y perdent un peu, il semble que le sentiment mélancolique et vague, que vous vous êtes surtout attaché à rendre, y gagne.

J'ai vu, non sans plaisir, que les tristesses de la Patrie avaient leur place dans vos « Heures de Mélancolie » et je vous en félicite bien sincèrement. L'intérêt que j'ai pris à la lecture de vos petits poèmes a été d'autant plus grand que vous êtes, me dites-vous, un ouvrier. Je serais donc bien mal venu à formuler des critiques de pure esthétique au sujet de votre œuvre toute spontanée, toute sincère, et je ne puis et ne dois vous en faire que mes plus chaleureux compliments.

Avec mes regrets d'avoir tant tardé à vous répondre, recevez, cher poète, l'assurance de mes meilleurs sentiments de fraternité française.

Paul DÉROULÈDE.

HEURES DE MÉLANCOLIE

PREMIÈRE PARTIE

L'ANGE DE LA MORT

A l'heure du trépas s'élèvent dans l'espace
La mort au front de marbre et près d'elle, clément,
Un ange : sur ses traits pâles et divins passe
    Un doux rayonnement.

C'est un guide puissant : La mort dans la nature
Frappe, sourde à nos cris, de son bras solennel,
Mais l'ange en souriant dépose l'âme pure
    Aux pieds de l'Eternel.

O toi, qui désolé, marche dans la nuit sombre,
Que t'annoncent ces flots tant contemplés le soir ?
Serait-ce le bonheur ? C'est la misère, l'ombre,
    L'éternel désespoir !

Les heureux d'ici-bas méprisent la faiblesse
De ces fils du malheur : la veuve. l'orphelin...
Oui, pauvre, Dieu le veut, tu souffriras sans cesse,
    De l'aurore au déclin.

Si les maux, les ennuis, sont un triste cortége,
Songe à l'immense amour du plus puissant des rois:
De son trône divin celui qui te protége
    Porta la lourde croix.

La mort, à notre égard, agira brusque et franche,
Sa main en éloignant la joie ou la douleur,
Fauchera le géant comme on fauche une branche,
    L'enfant comme une fleur.

2

Elle va de l'enfant cueilli dans son aurore
Au poète qui part la Lyre dans la main ;
Sa voix, lorsqu'ici bas la souffrance déplore,
    Répond au genre humain.

O vous, qui des Etats, en main prenez la rêne,
Vous croyez échapper à sa terrible loi :
La Mort se rit de vous et sa faulx se promène
    Du laboureur au roi.

Elle accourt ! A l'enfant elle montre l'espace :
Un jour il s'arrêta pour contempler les fleurs,
Son absence pourtant laissa l'humide trace
    A la source des pleurs.

Un doigt divin toucha faiblement sa paupière
Dans ce berceau fleuri, tendrement préparé...
Du Ciel qui le reçut à son heure dernière,
    Il était égaré.

Il sourit doucement à l'ange qui l'enlève.
Admirant ce visage éblouissant et beau :
Être prédestiné, tu passas comme un rêve
    Des langes au tombeau.

Soldat, plein d'avenir, et malgré l'auréole,
Il est tombé mourant sous le fer ennemi,
Ses yeux en s'attachant au drapeau, fière idole,
    Se sont clos à demi.

Il courait le premier, fier, vaillant et sans crainte,
Mais l'ange visita l'héroïque troupeau :
Il mourut admiré, sans pousser une plainte,
    A l'ombre du drapeau.

Contemplant, Gloire, Honneurs, comme on contemple un rêve,
L'objet le plus brillant, une douce clarté,
Comme on contemple ému du soleil qui se lève,
    La gloire et la beauté !

Elle est morte à vingt ans, les grâces en partage,
Dans les regrets, les pleurs et les soins les plus doux,
En laissant ici-bas, consolant héritage,
    Un enfant à l'époux.

Et l'époux murmura, triste et seul pour la vie :
Seigneur, vous le voulez... je sens, je suis chrétien !. .
Une épouse en ce monde est l'idole ravie,
    Dans le ciel mon soutien.

Déjà la triste voix des cloches désolées
A dit son agonie à l'écho des grands bois
Et l'écho, frissonnant à l'écho des vallées,
    L'a répété cent fois.

Son âme vit toujours, existence plus belle,
Je rêve d'espérance, assis près d'un cercueil,
Mais demain je suivrai l'enveloppe mortelle
    Jusqu'à son dernier seuil.

Pour entendre des chants une note sublime,
Pour voir mille clartés briller sur son trépas,
Frémir au bruit du corps s'écroulant dans l'abîme,
    La suivre pas à pas.

Enfin, vers le vieillard, l'ange auguste s'avance :
O mortel, es-tu prêt ? Mais lui, semblant s'offrir,
Docilement répond : J'attendais ta présence,
    Tu viens me secourir.

Fus-je heureux ici-bas, pour que je te redoute ?
Souvent je prodiguai des baisers, des serments...
Mais aux fleurs dont l'aspect poétisa ma route,
    Je chantai mes tourments.

Le soleil, au déclin, baisse le rideau sombre
Que mon regard contemple au penchant des forêts...
Le front calme et serein, je m'éteindrai dans l'ombre
    Sans soupirs ni regrets.

La vie est un vain mot, la paix est un mensonge,
Malgré les hauts sommets où Dieu t'aura placé,
Puissant, la Mort est là, le bonheur un vain songe,
    Est bientôt effacé.

La Mort vole partout, et sa marche rapide
Ne connait le rempart ni des mers ni des monts :
Elle voit humble et grand et la fatale ride
    Est marquée à leurs fronts.

Elle s'arrête à tous : à l'enfant dans les langes,
Aux soldats glorieux s'éteignant apaisés,
Aux uns donne le deuil, aux autres les louanges,
    A tous ses froids baisers !

    Paris, Juin 1886.

PATER

Père céleste et grand, viens règner sur la terre,
Tu daignes écouter l'être silencieux
Qui t'implore à genoux quand l'heure du mystère
En de pâles flambeaux se lit aux front des cieux.

Aujourd'hui donne-moi la manne de la veille,
Sur la route du bien, mon Dieu, guide mes pas !
Ft fais que chaque jour mon âme qui s'éveille
Demande ton appui pour l'instant du trépas.

Prodigue tes bienfaits au mendiant qui pleure :
Si je verse l'obole en sa tremblante main,
Qu'elle se multiplie et qu'à la dernière heure
Il puisse murmurer : Ah ! je vivrai demain !

Et fais qu'en son logis la faim, puis son cortège
Cessent en l'éprouvant leurs lugubres assauts ;
Que ta puissante main qui bénit et protège
Penche l'ange gardien au chevet des berceaux.

Comme un père clément, matin et soir, écoute
La prière qui monte aux lèvres de l'enfant ;
Apprends au Repentir que torture le Doute,
Qu'une larme versée à tes pieds le défend.

Que Dieu puissant, ta main sème dans les vallées
L'honneur, la paix, l'amour et la prospérité,
Afin que des vallons aux fermes isolées,
Le bonheur souriant, l'humble soit abrité.

L'hymne reconnaissant sera cette prière,
Notre timide offrande, encens que tu bénis...
Seigneur jette un regard dans la ruche ouvrière,
Toi qu'attestent la mer et les fleurs et les nids.

O pardonne au pêcheur, qui pardonnant lui-même,
Donne à son ennemi le baiser fraternel :
Celui qui le blessa devient celui qu'il aime,
Au Ciel chante pour lui le cantique éternel !

Eloigne loin de moi tous les songes funèbres...
L'ange pâle des nuits osera m'assaillir ;
Je crains que les esprits dérobés aux ténèbres
Ne viennent en vainqueurs voir un chrétien faiblir.

Après avoir veillé sur l'orphelin, la veuve,
Ah ! dis à l'univers : Je suis Dieu ! Que ta voix,
Parlant aux nations pour en donner la preuve,
Tour à tour les rallie à l'ombre de la croix !

Giromagny, décembre 1887.

LES PLEURS

Cessez vos chants, oiseaux railleurs,
Le rossignol déjà prélude,
Modulant, constante habitude,
Tantôt des ris, tantôt des pleurs.

. . . . , ...

Cherche l'amour, ô jeune fille,
Dans les bosquets, sous la charmille,
Et près du plus beau des parleurs,
En l'écoutant, ivre de joie,
Que ton charmant regard se noie
De pleurs.

S'il souffre, le poète chante,
Sa voix vibre pure et touchante ;
Mais s'il déplore nos malheurs,
Alors, ému, pris de délire,
Il fait soupirer de sa Lyre
Des pleurs.

Chez les pauvres, simple et candide,
La vierge sur un lit sordide
Se penche : Au seuil de la Douleur,
O sois bénie, heureuse fille,
Sur ton visage d'ange brille
Un pleur.

Lorsque s'enfuit la nuit sereine
Où la lune d'argent fut reine,
Que vois-je briller sur la fleur ?
La perle qu'Aurore a posée
Est une goutte de rosée
Un pleur

Enfant, au terme de ta course,
Repose-toi : voici la source
Où l'astre peint mille couleurs...
Sa plainte si douce te berce,
Aimable enfant, la source verse
Des pleurs !

Tout reste sujet aux souffrances :
La joie a ses désespérances,
Puis sont-ils toujours les meilleurs
Les grands jours fêtés sans noblesse ?
Souvent leur souvenir nous laisse
Des pleurs.

Méchéria (Algérie) Mars 1890.

A DIX ANS

(Souvenirs d'enfance).

A dix ans, cet âge des fêtes,
J'étais petit, j'étais chétif :
Il restera triste et rétif,
Assuraient les miens, grands prophètes

. . . .

Nul ne m'aimait à la maison...
Pourquoi ? Je ne saurais le dire...
J'étais bien doux, je savais lire,
J'aimais les fleurs et le gazon.
J'aimais le mendiant qui passe
L'hiver, dans le brouillard épais ;
J'aimais rêver, bien seul, en paix ;
J'aimais interroger l'espace...
J'aimais les troupeaux réunis ;
J'aimais les croix du cimetière :
Mon rêve était une prière
Et je parlais aux fleurs, aux nids.
Hélas ! ce que je n'aimais guère :
Les plaisirs des autres enfants,
Leurs cris joyeux et triomphants
Lorsqu'ils simulaient une guerre :
Ces cris au bord d'un frais ruisseau
M'effarouchaient Mais solitaire,
Je me cachais avec mystère
Dans l'herbe ou dans un frais berceau.
Jamais un baiser de ma mère
N'effleura mon grand front rêveur,
Mais chaque soir, avec ferveur,
J'invoquais l'Eternel, ce Père,
Qui s'incline pour écouter
La parole de l'Innocence :
Dieu me parlait, et le silence
N'était pas fait pour m'attrister.
Dans ce grand livre, la Nature,
Heureux, chaque jour j'épelais ;
Dans les nuages, ces palais,
Sublime et mouvante peinture,
Je voyais combats et tournois,
Choses que l'on ne sait décrire...

Hélas ! je ne savais pas rire,
Et tous disaient : C'est un sournois !

Giromagny, Décembre 1890.

LA MORT D'UNE JEUNE FILLE

Pour celui que lasse la vie,
Nature cesse un chant nouveau :
Ta splendeur peut être ravie
Au vieillard que lasse la vie,
A l'enfant souffrant au berceau.

Ne touche plus ces fronts de vierges, si candides
Dans leur chaste pâleur, ô messager de mort,
Ton doigt glacé devrait n'effleurer que des rides ;
Ne touche plus ces fronts de vierges, si candides
Sous les bandeaux épais des chevelures d'or.

Quand vint l'heure crépusculaire,
Au tintement de l'angelus
Partit celle qui savait plaire ;
Quand vint l'heure crépusculaire,
Notre doux ange n'était plus.

Sur le lit de douleur ses mains blanches et belles
Ont convulsivement erré de plis en plis,
Puis les doigts se sont joints dans le flot des dentelles ;
Sur le lit de douleur ses mains blanches et belles
M'ont fait rêver aux mains des anges recueillis.

J'entendais des bruissements d'ailes,
Des voix vagues dans l'Infini :
Le chant des séraphins fidèles ;
J'entendais des bruissements d'ailes
Le pinson regagnait son nid.

Son regard tour à tour se portait de l'espace
Aux siens qui s'inclinaient pour lui cacher leurs pleurs,
L'étoile s'allumait dans l'azur qui s'efface...
Son beau regard voilé se portait de l'espace
Au lit où se fanaient ses compagnes, les fleurs.

Mais sur les soupirs de la brise
L'ange de la Mort va venir,
O reste encor, mon cœur se brise...
Hélas ! aux soupirs de la brise
S'exhala son dernier soupir !

Je n'éprouverai plus cette extase divine,
L'amour... Mon pauvre cœur est mort, et j'ai vingt ans !
L'éternel désespoir sur mon front se devine ;
Je n'éprouverai plus cette extase divine ;
Qui de notre existence embellit le printemps.

Plus d'amour, plus de douce ivresse,
Mon cœur fermez-vous à jamais,
Eloigne-toi pure allégresse !
Plus d'amour, plus de douce ivresse :
J'ai perdu l'enfant que j'aimais.

Reviendras-tu, réponds, pure et blanche colombe,
Tendre ton front de vierge à mon chaste baiser ?
Ah ! je voudrais encor le presser dans la tombe !...
Reviendras-tu, réponds, pure et blanche colombe,
A ma voix ton cercueil pourra-t-il se briser ?

Chaque soir ma lèvre brûlante
Veut murmurer son nom si beau,
Mais ma plainte vibre tremblante ;
Chaque soir ma lèvre brûlante
Se colle au marbre d'un tombeau !

Ah ! l'on peut bien mourir si l'hiver froid l'ordonne,
Quand dans les bois l'oiseau reste silencieux,
Lorsque près du sillon nul air ne se fredonne ;
Ah ! l'on peut bien mourir si l'hiver froid l'ordonne,
Mais non quand le Printemps a souri dans les cieux !

Giromagny, Décembre 1887.

LE SUICIDÉ

Vous qui passez dans ce lieu solitaire,
Ce triste coin de chacun lapidé,
Petits enfants, votre voix doit se taire :
C'est le tombeau du pauvre suicidé.

Il arrivait d'une course lointaine,
Le désespoir se lisait à son front
Et chaque jour, dans sa marche incertaine,
Il retombait dans un nouvel affront ;
Il implorait, sa voix était tremblante,
Il demandait le pain de charité,
Puis, chaque soir, à l'étoile brillante,
Il murmurait : « Ah! serai-je abrité ? »

Vous qui passez dans ce lieu solitaire,
Ce triste coin de chacun lapidé,
Petits enfants, votre voix doit se taire :
C'est le tombeau du pauvre suicidé !

Nul n'entendait cette voix gémissante,
Ce cœur brisé, nul ne comptait ses bonds...
Dites encore, injure flétrissante,
Il déserta le rang des vagabonds !...
Trente printemps avaient compté ses larmes
Et sans clarté se montrait l'avenir...
Voilà son lot : d'éternelles alarmes,
Pour le calmer, aucun doux souvenir.

Vous qui passez dans ce lieu solitaire,
Ce triste coin de chacun lapidé,
Petits enfants, votre voix doit se taire :
C'est le tombeau du pauvre suicidé !

Mais tu cherchas le repos dans la tombe !
Au champ sacré repose toujours seul :
O viens, dis-tu, pauvre feuille qui tombe,
Viens ! sur le sol sois mon dernier linceul !
Repose en paix car Dieu te fera grâce...
Déshérité, souffrir était ton lot,
Tes yeux ternis eussent gardé la trace
De tes douleurs, de l'éternel sanglot.

Du bel amour il ignora le charme,
Aucun aveu ne lui fut accordé...
Tendres amants, ah ! versez une larme,
C'est le tombeau du jeune suicidé !

Bayonne, Août 1888

LA PRISE DE VOILE

Le soleil a donné sa clarté radieuse,
La forêt adoucit sa voix mélodieuse,
    Car l'hymne cadencé
Des cloches du couvent dans l'air vibrant résonne :
Une âme, en ce beau jour, sans mesure se donne
    Au divin fiancé.

La pauvre enfant paraît, la chevelure ceinte
Du bandeau virginal, de l'auréole sainte,
    Son cœur a dit : Je crois
Que l'oubli des douleurs n'est qu'au fond de la tombe...
J'ai souffert, pardonné, mais aujourd'hui je tombe
    Au pied de l'humble croix.

Elle avance à pas lents la blanche fiancée,
De l'univers ingrat éloignant sa pensée ;
    Ses yeux pleins d'embarras
Se baissent vers le sol jonché de roses fières...
Au fond du chœur brillant d'éclatantes lumières
    Le Christ ouvre ses bras :

Venez, ma bien-aimée, ô vous qui de la terre,
Renoncez à la joie, acceptant le mystère
    Dans un maître adoré ;
Venez ! nos chants sacrés vibreront d'allégresse,
Venez ! mon cœur est plein d'amour et de tendresse
    Car vous avez pleuré.

Sous la main qui bénit le front charmant s'incline,
Puis, la vierge écartant la blanche mousseline
    Le courbe plus encor ;
Dieu dit : Dépouillez-vous, ô mes chastes maîtresses !
La main du prêtre passe en d'opulentes tresses :
    Tombez, ô boucles d'or !

La foule recueillie entonne un chant mystique
L'orgue gémit et pleure... à la voûte gothique,
    Ses accords vont mourir ;
Puis dans la vieille tour vibrent les cloches saintes,
Et sous leur voix d'airain les adieux et les plaintes
    Passent comme un soupir.

Et malgré moi mon cœur s'est rempli d'amertume :
Au divin sacrifice à peine on s'accoutume,
      Que d'âmes sans essor !
J'entendis près de moi comme une voix amère :
Près du porche sacré la pauvre vieille mère
      Se retournait encor.

Femme, ne maudis pas... respecte le mystère,
Un Dieu vient de parler, tes pleurs doivent se taire...
      Quel lot sublime et beau !
Il est perdu pour moi le fruit de mes entrailles,
Je laisse mon bonheur derrière tes murailles,
      O triste et froid tombeau !

O pauvre mère, entends le cri de l'espérance...
Viendrais-tu d'éprouver la terrible souffrance
      D'un éternel adieu ?
Déjà ta fille est loin du tourbillon immonde,
Si le sombre Destin vous sépare en ce monde,
      Votre espoir est en Dieu.

Les cloches tour à tour ont cessé leur murmure,
Le zéphir, comme un chant, vibre dans la ramure,
      D'un beau jour précurseur ;
La porte du saint lieu gémit comme une plainte...
Dieu, pour le ciel ravi, compte en plus une sainte,
      Le couvent une sœur.

Belfort, Juin 1888.

EN PASSANT

A Mlle Pauline Bruet.

En suivant l'éternelle route
Commune à tant de malheureux,
En sortant du grand bois ombreux,
Du bois que le Printemps veloute :

J'ai revu le charmant coteau
Et les grands bois et mon village,
La rivière sous le feuillage
Et de mes aïeux, le tombeau.

Mais sous le poids de la misère,
Hélas ! je n'ai pu m'arrêter :
Nul ami ne vint me fêter
Sous le grand chêne séculaire.

Et des pleurs vinrent m'altérer..,
Les amants chantaient sous l'ombrage,
Nul n'a reconnu mon visage ;
A mon aise j'ai pu pleurer.

Que j'eus voulu fixer ma tente
Dans ce vallon, près du ruisseau,
Aux lieux où jadis mon berceau
S'abritait dans la douce attente.

Ce mortel qui peut recouvrir
Des siens la cendre qu'il vénère,
Lorsqu'après un même calvaire
La même tombe il voit s'ouvrir,

Doit être heureux, car sous la terre,
Les os depuis longtemps rendus,
A ses os seront confondus
Dans l'ombre d'un pieux mystère.

Je puis m'éteindre, hélas ! mes yeux
Ne verront point de pleurs d'épouse,
Non, jamais ma lèvre jalouse
N'aura le baiser des adieux.

Non, jamais cette main flétrie
Ne pourra bénir d'enfants blonds...
Je vous retrouve, chers vallons,
Mais l'infortune est sans patrie !

Je t'ai revu, charmant coteau,
Et vous grands monts, tendre feuillage,
Mais jamais des miens au village
Je ne comblerai le tombeau.

Si chaque printemps me ramène
Sur la colline, auprès du bois,
A l'ombre de la vieille croix
Dont l'aspect fait trève à ma peine,

C'est que je veux me retremper
Dans cette atmosphère natale
Où naît l'illusion fatale,
L'illusion qui sait tromper :

Souvent je rêve... ô ma jeunesse !
Voici ma mère souriant,
L'aïeule au coin du feu, priant,
Grande en son auguste vieillesse.

Que ne puis-je me recueillir
Sur leur pauvre tombe oubliée !
Ma vie, hélas ! reste liée
Aux affronts qui m'ont vu vieillir.

. . . .

Lieux que j'aime et que je redoute,
Lorsque je passe triste, errant,
Au pied de la croix de la route,
Je viens m'incliner en pleurant.

Méchéria, Octobre 1889.

L'ATTENTE AU RIVAGE

Une femme attend au rivage,
Son regard suit l'immensité,
Puis revient rêveur à la plage
Mais pour se noyer attristé !

Il partit quand sourit l'aurore,
Fier, heureux d'affronter les flots...
Minuit ! La femme attend encore,
Le cœur brisé d'amers sanglots,

Des feux se croisent sur l'abîme :
Tels des météores aux cieux
Succèdent leur marche sublime
Dans l'espace silencieux.

Serait-ce sa barque tremblante ?
Son refrain aurait retenti...
Mais qu'importe sa voix vibrante,
Mon cœur l'eut déjà pressenti.

Le jour se leva... L'allégresse
Etait sur le rivage, aux champs :
Les lèvres brûlaient de tendresse,
L'air frissonnait de joyeux chants.

Près de l'épouse abandonnée
Une épave est un souvenir :
Oh ! pleure, veuve infortunée,
Car lui ne doit plus revenir !

Ah ! quitte la rive déserte,
Dirige-toi vers le saint lieu,
Sans trève sa porte est ouverte
Comme s'ouvre le cœur d'un Dieu.

Et prie : une sainte prière
Pénètre en nous en consolant,
Prie, et l'espoir, douce lumière
Guidera ton pas chancelant.

Va sur la plage, rêve et pleure,
Mais crois que tout n'est pas fini,
Que chaque son vibrant de l'heure,
Te rapproche de l'Infini.

Quand retomberont les ténèbres
Ecoute le vent du coteau,
De l'époux mille glas funèbres...
Vois l'immense mer, son tombeau !

Paris, Avril 1877.

LA GRAND'MÈRE

Qui n'a dormi dans ses bras frêles,
Bercé d'une lente chanson,
Pendant que les plus grands, rebelles,
Jouaient à l'ombre d'un buisson ?

Qui n'a vu sur son front auguste
Les mille rides des douleurs
Et sur sa main jadis robuste,
La trace des anciens labeurs.

Voyez, la voilà qui repose
Sous le grand porche familier ;
Mes enfants le respect s'impose,
L'amour doit vous humilier.

Ah ! baisez souvent sa main blanche
Et tremblante comme un roseau...
Vous grandissez, son front se penche
De jour en jour vers le tombeau.

Sa place bientôt sera vide
Dans le grand fauteuil des aïeux,
De l'un de vous la main timide
Pour toujours fermera ses yeux.

Si vous n'étiez bons pour grand'mère
Et troubliez ses derniers instants,
Un jour une pensée amère
Viendrait ternir votre printemps.

Elle gronde, quand intrépide,
L'espiègle a heurté son genoux,
Mais souvent son front se déride,
Elle se sent revivre en vous.

Qu'elle vous aime, pauvre femme !
Emue elle vous voit dormir,
En vous contemplant, dans son âme,
S'éveille un lointain souvenir :

Jadis s'inclinant elle-même,
De son aïeule elle écoutait
Une exhortation suprême,
Le glas des mourants qui tintait.

4

Elle sait que la dernière heure
Pour elle bientôt sonnera,
Mais qu'à sa funèbre demeure
L'hymne d'amour retentira.

Ah ! que douces soient vos caresses !
Ses mains berçaient .. A votre tour
Bercez grand'mère de tendresses,
Qu'un jour nouveau soit un beau jour.

Gardez le souvenir vivace...
Quelquefois le temps l'affaiblit,
Mais dans vos cœurs gravez sa place :
L'enfant ne connait point l'oubli.

. . . .
. . . .

Grand'mère est morte ! vos oreilles
N'entendront plus sa faible voix...
Sevrez vous, ô lèvres vermeilles,
Des pieux baisers d'autrefois !

Hélas ! vous l'attendez encore,
Car en priant vous murmurez :
Sa main, le soir, puis à l'aurore,
N'incline plus nos fronts dorés.

Qui n'a dormi dans ses bras frêles,
Bercé d'une lente chanson,
Pendant que les plus grands, rebelles,
Jouaient à l'ombre d'un buisson ?

Giromagny, Décembre 1887.

LE FORÇAT

Sur le rivage aimé de la France si chère,
  Dans ce port où je dois mourir,
Je songe à mon enfance, à la blanche chaumière,
  Aux grands bois où j'aimais courir.

Je pleure, mais le fouet vient punir ma faiblesse,
  Mon cœur qui bat en se brisant,
Doit refouler le feu de l'ardente jeunesse
  Bouillante sous le joug pesant.

Hélas ! plus d'avenir... plus de tendres ivresses !
  Plus de chants murmurés à deux;
Mais, esclave éternel de leurs lois vengeresses,
  Je suis la terreur des heureux.

Le soldat me meurtrit, le pauvre me dédaigne...
  Ma vie est un cruel effort :
Le jour, je bois la lie, et la nuit mon cœur saigne,
  Etreint dans les mains du Remord.

A ces terribles nuits jamais ne s'accoutume
  Mon âme où vient règner l'effroi,
Car mon oreille écoute, éternelle amertume,
  Les heures pleurant au beffroi.

Oui, leurs vibrations ont des appels funèbres,
  Je tremble, je voudrais prier,
J'entends une victime au milieu des ténèbres,
  Demander grâce au meurtrier.

Et ma lèvre, grand Dieu ! doit demeurer muette,
  Oh ! passez, ombres de la nuit !
Mais contre la fenêtre où la garde nous guette
  Déjà la blanche aurore a lui.

C'est le jour ! mille cris, mille horribles blasphèmes
  S'élèvent dans l'air agité :
Ils sont là, sans pensée, épouvantables, blêmes,
  Mes frères de captivité.

Mes frères !.. oh ! c'est là qu'il faut mourir, mais vivre,
  Vivre sans jamais plus d'amour...
Et derrière nos murs le doux printemps enivre
  Les bois, les champs, les fleurs, le jour !

Et des refrains joyeux font relever ma tête,
J'oublie un instant mes soucis :
Ce sont les purs échos d'une lointaine fête
Que la brise apporte adoucis.

Quelle douleur ! le fouet se lève, puis retombe
En coupant l'air d'un sifflement ;
Si je pouvais mourir ! mais j'ai peur de la tombe
Et mon front se courbe humblement.

Parfois l'écho voilé de la forêt prochaine
Vient murmurer, faible soupir :
Le crime t'a flétri, forçat, avec la peine,
Souffre encor par le souvenir.

A ma mort, qui viendra veiller mon agonie,
A mon chevet parler de Dieu ?
Mon corps doit ignorer, d'une épouse bénie,
L'étreinte du dernier adieu.

Et je ne pourrai pas entendre la prière
Du vieux pasteur aux cheveux blancs,
Ni voir venir avant de fermer ma paupière,
Des fils baiser mes doigts tremblants.

Au chevet du forçat jamais ne s'agenouille
L'Honneur au front sublime et beau :
Il meurt... le froid Mépris condamne sa dépouille
A l'horreur du commun tombeau.

Paris, mai 1886.

HONTE

I

Honte à ces malheureux que guide l'infamie !
Honte à celui que grise un coupable désir !
Honte à ces névrosés à la face blémie
Qui du vice honteux attendent le plaisir !

. . . .

Femme, vois-tu, dans une lice immonde,
Ces vils démons s'étaler sans pudeur ?
Formez ensemble une sinistre ronde
Sur le tombeau recouvrant votre honneur...
Tu me souris, mais ta joue est pâlie,
J'y vois déjà le sceau de la Folie
Et sur ton front la marque des douleurs ;
Je lis le mal dans tes yeux, si tu songes,
Car tes regrets ne sont que des mensonges,
Mais ton sourire, ô femme, a bien des pleurs !

De votre bouche un mot est un outrage
Etres pervers, sans honte, sans remord,
De vos liens je fuis avec courage
L'enlacement plus mortel que la Mort.
Anges déchus, votre torrent s'écoule
Allez sourire où se porte la foule
Pour inviter vos communs amoureux :
L'adolescent au sourire candide
Ou le vieillard dont une lèvre avide
Sait prodiguer de longs baisers affreux.

Est-ce l'amour ?... Mais votre main le broie,
Tout rêve pur en votre cœur s'endort...
Ah ! que vous semble une innocente joie
Si votre cœur n'est qu'un froid lingot d'or ?
Pris de dégoût, monstres, je vous regarde,
Ce que je veux, c'est que le ciel me garde
De vos amours, d'un infâme baiser ;
De votre vue, avant que je m'arrache,
Avec mépris, que sur vos fronts je crache,
Si je ne puis, maudites, vous briser !

II

Où cherchez-vous votre allégresse
Vous, dont l'orageuse jeunesse
Pour jouir forme des complots ?
Riant des vieilles énergies,
Vous croissez au sein des orgies
Où le vin bleu coule à longs flots !

Vous trouvez le bonheur dans la fange puante
Et la félicité sur un sein de bacchante,
Le seul nom de l'Honneur cause votre dédain ;
De vous, l'homme au front calme essuie un dur sarcasme,
Vos jours en se suivant finissent dans un spasme :
Les vapeurs d'aujourd'hui vous troubleront demain.

Endormez-vous sous la souillure
Du feu d'une prunelle impure,
Et fiers des plaisirs achetés,
Voyez ces belles, souriantes,
Tordre leurs formes ondoyantes
Dans les obcènes voluptés.

Admirez ces démons sans âme et sans tendresse,
Donnez-leurs vos instants, votre ardente jeunesse,
Peut-être le Génie éclatant un beau jour ;
Donnez ! pour un instant d'ardeurs bien infécondes,
Rassasiez vos sens d'embrassements immondes,
Adolescents, cherchez le plaisir sans l'amour !

Cherchez un oubli salutaire
Dans le profane sanctuaire
Que l'on sait franchir transporté ;
Mais bientôt appelez des larmes,
Soyez, vainqueurs de tristes charmes,
Honteux du combat remporté !

III

O femmes, le Devoir est un maître sévère,
Le front insouciant riez de sa colère
Et chaque jour sondez un abîme fatal ;
Dans les plaisirs trompeurs cherchez la joie impure,
D'une âme pervertie étouffez le murmure :
Votre maître sera le Mal !

Vendez-vous à celui qu'assiège la richesse,
Vendez-lui votre honneur, flétrissez la jeunesse
Dans les bras frémissants de ce vieillard malin,
Puis, couvertes de fange, en brisant l'harmonie,
Confondez pour de l'or, écrasante ironie,
    Hélas ! l'aurore et le déclin !

Riez de l'innocence ! insultez cette fille,
La tendresse et l'orgueil d'une honnête famille,
Cette enfant qu'un soupçon ne saurait effleurer ;
Riez de son regard qui s'incline modeste,
Riez de sa pudeur, de cet amour céleste
    Capable de régénérer !

Femmes, que songez-vous ! l'âme serait muette ?
La conscience meurt, mais la Honte vous guette,
Revenez au Devoir, vous le pouvez encor !
Non, non, ne fuyez plus notre éternelle fête,
Ne fuyez plus l'honneur, pour l'infâme conquête
    De la fange alliée à l'or.

Bien vite, arrêtez-vous sur les bords de l'abîme !
Venez à nous, venez ! notre exemple est sublime,
Nous avons de doux chants qu'il vous faut répéter ;
Nous avons une langue inconnue et des armes
Capables de vous vaincre, ah ! venez, et vos larmes
    Pourront un jour vous racheter.

. . . .

Honte aux êtres maudits qui croissent dans la fange
Et trouvent dans le mal une douceur étrange,
A celui qui subit de leurs baisers l'affront !
Que chacun ici-bas puisse trouver son compte...
Temps, mets dans leurs regards une éternelle honte,
A la vierge candide une auréole au front !

Paris, 1877.

L'ÉTOILE SOLITAIRE

Eloigné de ma bien-aimée,
Le soir aux bords du frais ruisseau,
Sous une brise parfumée,
En écoutant chanter l'oiseau...

En contemplant l'étoile pure
Etincelant au firmament,
Ma voix dans un faible murmure
Lui dit : Témoin d'un doux serment...

Te souvient-il d'un soir d'automne
Où je la quittai tout rêveur ?
Eh bien, sa parole résonne,
Après de longs jours, dans mon cœur.

Elle a dit : Comme d'habitude,
Alors que cet astre incertain
Paraîtra dans la solitude,
Tremblant dans son immense écrin...

Ah ! regarde, l'âme pensive,
Complais-toi dans la vision,
Moi je serai toute attentive,
L'œil perdu dans un pur rayon.

L'étoile dira ta parole
Dans un scintillement plus doux,
Car aux cieux l'âme qui s'envole
Trouve encore des rendez-vous !

Messsager de notre promesse,
En nous rapprochant chaque soir,
Viens raviver notre tendresse,
Notre seule joie est te voir !

Viens, tu consoles de l'absence,
Parais dans ton sublime écrin ;
Astre, que j'aime ta présence
Quand tu viens sourire au déclin !

Que jamais nos cœurs ne se lassent,
Que là haut soit le but béni ;
La route où les âmes s'embrassent
Doit être l'espace infini.

Et que chaque soir, je demeure
Ravi dans mon émotion,
Que nos regards à la même heure
Se confondent dans un rayon !

Saintes (Charente-Inférieure) Juillet 1886.

LES CLOCHES D'ALSACE

A M. Paul Déroulède.

Le beau printemps rêveur chante dans le feuillage,
Le plaisir et l'amour brillent dans tous les yeux ;
Entendez-vous là-bas les cloches du village
Balancer dans les airs leur hymne harmonieux ?

    Cloches sonnez ! c'est une fête...
    Pour qui donc est ce fier drapeau ?
    Que dans ce lieu chacun s'apprête,
    Car c'est la fête du hameau !

L'Eté dore les nids... dans une tour meurtrie,
Craintive, l'hirondelle éveille ses petits,
C'est que le chœur d'airain dit : Pour ton sol, Patrie,
De leur foyer, hélas ! deux enfants sont partis.

    Vibrez sœurs ! votre adieu pénètre
    Ceux que le regret a blessés,
    Ceux que le vieux clocher vit naître,
    Ceux que votre chant a bercés.

C'est l'Automne brumeux et déjà la ramure
N'a plus de blanches fleurs, mais le vent sourdement,
Porte vos sons sacrés comme un lointain murmure,
Vers les cieux votre voix est un gémissement.

    Sonnez ! sonnez, cloches d'Alsace !
    Sous les étendards rangez nous ;
    Un vent de l'Allemagne passe,
    Une voix dit : Préparez vous !

La neige tombe, tombe et les cloches vibrantes,
Chère et sainte Patrie ont murmuré ton nom...
Pleurez dans votre tour, pauvres âmes errantes,
Votre voix se marie à celle du canon.

Cloches, sonnez deuil et souffrance !
Annoncez l'heure du danger :
Une des filles de la France
Est dans les bras de l'étranger !

Le doux Printemps rêva... puis dans les cieux limpides,
En souriant, l'Eté prépara mille deuils,
L'Automne contempla nos luttes intrépides,
Mais aujourd'hui l'Hiver voit passer des cerceuils.

Cloches sonnez, sonnez encore !...
Si nos fronts n'ont plus de lauriers,
Désormais votre chant sonore
Acclamera d'autres guerriers !

Méchéria, janvier 1890.

BONHEUR PERDU

I

Il est des scènes que ne rend point la parole...
Voyez l'enfant mourant, triste et touchant tableau :
Sa mère auprès de lui soupire et le console,
Doucement murmurant : Ta plainte me désole,
Dors, mon pauvre petit, je veille ton berceau,

Souvent un beau matin, lorsque sourit l'Aurore,
Pénétrant ses rayons comme un sublime appel,
En regardant celui que la fièvre dévore,
Mères, vous murmurez : Enfant, sommeille encore !,..
Que l'ange est dans les bras du Sommeil éternel.

La coupe d'amertume en ces heures est pleine,
Car vous n'entendrez plus ce doux et tendre accent
Qui venait annoncer et sa joie et sa peine ;
Dans le petit berceau qu'attiédit son haleine
En vain vous chercherez un sourire innocent.

II

Son œil errant cherche la mère,
L'appelant auprès du berceau
Et sa petite voix s'altère,
Son œil errant cherche la mère
Dans l'ombre vague du rideau.

Elle, éperdue et sans haleine
Vers l'enfant se penche sans bruit :
Qui viendra soulager ma peine
Quand tout me parlera de lui ?

La douce main qui ta main presse
Semble dire : O mère, suis moi !
Que deviendras-tu sans tendresse ?
La douce main qui ta main presse
Voudrait bien calmer ton émoi.

Un souffle à sa lèvre pâlie,
Un faible serrement de main
Et son âme blanche est partie
Dans l'air azuré du matin.

Dans le berceau que l'astre dore,
L'œil bleu de l'enfant s'est terni,
Et sans regard, ouvert encore,
De ce berceau que l'astre dore,
Il est fixé dans l'Infini.

Un faible soupir de la brise
Vient caresser de blonds cheveux,
La mère sans voix est assise
Sous l'onde des pleurs douloureux.

Mais au passage de son âme,
L'oiseau dans le bosquet fleuri
Adoucit son chant : Pauvre femme,
Au passage de sa belle âme
J'ai reconnu l'enfant chéri.

Fais taire tes inquiétudes ;
Un ange qui tenait sa main,
Vers les sublimes solitudes
A guidé son pas incertain...

Une auréole lumineuse,
Irradiait son jeune front...
O pauvre mère, sois heureuse !
Dans l'auréole lumineuse.
Il fuit où les doux anges vont.

Mais Dieu retira sa pensée
Et la pencha sur le berceau,
Un rire à sa lèvre glacée
Mourut dans l'ombre du rideau !

Saïgon (Cochinchine), mai 1881.

LA SOLITUDE DU VIEUX POÈTE

Je vis seul ici-bas et j'aime
Chaque prin'emps te retrouver,
Belle Nature, toujours même ;
Je vis seul ici bas et j'aime,
Sous les arceaux des bois, rêver.

J'ignore les plaisirs du monde
Et la tristesse d'un adieu ;
Pour écouter murmurer l'onde,
Ma solitude est loin du monde :
L'isolement parle de Dieu.

Qu'il est joli mon ermitage,
Penché sur le bord du ruisseau
Qui réfléchit sa blanche image ;
Qu'il est joli mon ermitage
A l'ombre du riant coteau !

Qu'elle est fraîche cette verdure
Où je viens m'asseoir au déclin,
Après une douce lecture ;
Qu'elle est fraiche cette verdure
Sous les tendres pleurs du matin !

Combien de fois sous cet ombrage
Je passai de calmes instants
Et je priai sous le feuillage ;
Combien de fois sous cet ombrage
Je saluai le gai printemps !

Là bas le clocher qui s'élance
Me parle encor du Créateur ;
Sa croix me montre l'Espérance...
Là bas le clocher qui s'élance
Fait doucement battre mon cœur.

Oui, j'ignore les chagrins sombres,
Je ne crains pas non plus la mort,
Mais je rêve au milieu des ombres ;
Oui, j'ignore les chagrins sombres
Volant dans les nuits du Remord.

Chantres des bois, sous la ramure,
Quand mes beaux jours auront cessé,
Dites que ma vie était pure :
Chantres des bois sous la ramure,
Soyez l'écho de mon passé !

Vous me rappelez mon enfance :
Lorsque je connus vos aïeux,
Ils ont fêté mon innocence. .
Oui, vous me rappelez l'enfance
Que berçaient leurs refrains joyeux.

Oiseaux, vous semez l'allégresse...
Sous vos pieds les blés sont bénis,
La rose attend votre caresse ;
Oiseaux, vous semez l'allégresse
Dans les ruines des vieux nids !

Mais déjà mon front se couronne
De rides et de cheveux blancs,
Hélas ! je suis loin de l'automne !
Mais déjà mon front se couronne
Et je souffre du poids des ans.

Charmante et douce solitude
Dont je jouis dès le berceau,
Oui, mon unique inquiétude,
Charmante et douce solitude,
Est te quitter pour un tombeau !

Paris, Décembre 1886.

—⟨⟩—

LE SOIR

Contemplons le soleil s'entourant d'auréoles,
Son aspect sur la lèvre arrête nos paroles,
Des nuages bordés de pourpre et de velours,
Sur un grand cercle d'or retombent en plis lourds ;
L'astre baisse, laissant la trace de sa route
Frayer l'immensité de la céleste voute.

. . . .

Tout s'éteint. Le silence a remplacé du jour
Les chants du laboureur préparant son retour.
Le voilà qui revient agitant la faucille,
Et de loin souriant à sa jeune famille,
Il aspire déjà les parfums du repos :
Tel après le combat retourne le héros
Sous le toit ébranlé de l'antique chaumière !
Le laboureur content à cette heure dernière,
Promène autour de lui son œil victorieux
Que plus humble il élève et fixe vers les cieux.
Mais voici son épouse accorte et vigilante
Soutenant des bambins la marche chancelante,
Et tous tendent leurs bras à ce héros des champs...
Mais qu'entends-je là bas ?.. Ecoutez-vous ces chants,
Voyez-vous ces bergers jouant sur l'herbe tendre,
Sur les tertres verdis monter pour redescendre,
S'ébattre dans la plaine et remonter encor?..
Le pinson fatigué vient suspendre l'essor,
Et préparant son lit sous la branche mobile,
Auprès du merle épais, de la fauvette agile,
Il gazouille un instant, s'étire et puis s'endort,
Poids faible et gracieux pour un faible support !

Allumez-vous rayons, ô diamants sublimes !
Soyez les feux lointains, les flambeaux de ces cimes
Dont les sommets voilés se perdent vers les cieux !
Mais écoutez encor ces sons harmonieux
Qui semblent suspendus aux ailes de la brise !..
C'est la vibrante voix de cette auguste église
Dont la flèche s'élève au sommet du coteau :
La voix de l'Angelus, l'organe du hameau.

Les derniers sons de l'orgue ont soupiré. La foule,
Sous l'antique portail comme un torrent s'écoule ;
Dans le vaste édifice une lumière encor
Scintille : Telle aux cieux la pâle étoile d'or,
Solitaire apparaît quand vient le crépuscule,
Quand l'ombre de la nuit vers l'horizon recule
Et sur l'aîle du vent s'étend vers l'infini.

L'Ange de Paix s'assied sous le chaume bruni.

Maintenant jouissez du plaisir des veillées,
O pâtres, blonds enfants aux mines éveillées ;
De la bonne grand' mère écoutez les récits,
Sur ses genoux laissez les plus jeunes assis,
Puis, laboureurs cherchez les doux rêves paisibles,
Oubliez dans leurs bras les heures si pénibles,
Les rapides soucis, les chagrins passagers,
Pour retrouver demain les travaux plus légers.

Qui ne voit pas ému l'heure crépusculaire,
Sous la brise du soir au baiser salutaire,
Le beau lac se voiler, la forêt tressaillir
Lorsque les bruits du jour ne sont plus qu'un soupir !
L'heure, symbole vrai de la paix sur la terre,
L'instant où la Nature est pleine de mystère,
Cette heure où le soleil laissant l'ombre aux vallons
Semble nous dire adieu du faîte altier des monts !

Paris, Janvier 1887.

LES DÉSHÉRITÉS

De vos longues douleurs, pauvres, la coupe est pleine,
La voix·de vos sanglots lugubre monte aux cieux ;
Ah ! puisse Dieu souffler de sa sublime haleine
    L'espoir à vos fronts soucieux,

. . . .

Ne songez-vous jamais dans votre gaîté folle,
Riches, aux malheureux vivant sans une obole,
Quand le plaisir bruyant vers vos palais s'enfuit ?
Quand vos chars luxueux se croisent dans la foule,
L'heure des songes noirs pleines de pleurs s'écoule
    Dans l'ombre terne de la nuit.

L'heure des songes noirs pour ces ombres qui passent,
Pour ceux qui sous un porche en grelottant s'entassent,
Pour celui qui s'endort en regardant le ciel
Et qui tout résigné dans ses haillons se drape...
Le malheur qui sans trêve, aveuglément les frappe
    Sera donc leur lot éternel ?

Pourquoi votre dédain, noble, orgueilleuse dame,
Qui montrez vos atours sous la brillante flamme
Et traînez après vous des courtisans titrés ?
Ce sont des vagabonds ! dites-vous souriante...
Ce sont des malheureux ! L'enfant du crime hante
    Comme vous des salons dorés.

Chez ces êtres proscrits ne cherchez pas le crime :
Au visage flétri leur misère s'exprime,
Ils ont droit aux égards, au mot affectueux ;
Votre Dieu, ce Dieu juste, est leur puissant arbitre,
Ils sont déshérités ! à ce funèbre titre
    Il garde ses trésors pour eux.

Mais voulez-vous connaître un bonheur sans mélange ?
Quand vous aurez souri parmi cette phalange
De pauvres vous suivant, bénissant votre main,
Qu'il vous semblera doux d'en avoir le cortège !
On a le cœur joyeux si l'on aime et protège
    L'armée errante de la faim.

Qu'il est beau de défendre une cause aussi belle,
Et cherchant à ton seuil l'émotion nouvelle,
Qu'il est doux d'être aimé de toi, déshérité !
Du petit orphelin, du mendiant qui chante,
De tous ces malheureux dont la plainte touchante
      Appelle à nous la charité.

Couvert du luxe vain qu'un malheureux contemple,
Le puissant que l'orgueil a conduit dans le temple
Laisse dans ses regards lire un dédain mortel ;
Celui-là, ce chrétien s'abîme et s'agenouille...
Ne songe-t-il donc pas qu'en s'inclinant il souille
      Les saintes marches de l'autel !

Tout le dit noble dame : Oh ! que ta cour est riche !
Peux-tu donc bien sourire au luxe qui s'affiche,
Ne sens-tu pas venir le rouge de l'affront ?
Non, mais auprès du pauvre, en landau promenée,
Pressant de tes coursiers une allure effrénée,
      Fais jaillir la boue à son front !

Vous les Déshérités, vous que chacun renie,
Souriez à l'espoir, la souffrance est bénie,
Je viens vous consacrer mes précieux moments ;
O pauvres, mes amis, en moi voyez un frère,
J'ai souffert comme vous, mais aujourd'hui j'espère :
      J'écoute vos gémissements.

Et d'autres s'uniront pour relever vos têtes...
Le poète frémit à la voix des poètes,
Dans son cœur généreux s'allume un feu sacré ;
Le Génie a pour but : soulager la souffrance,
Où vit le Désespoir rallumer l'espérance,
      Pauvres, il vous est consacré.

J'ai souffert, et je sais comment s'écoule l'heure,
Lorsqu'un front est brûlant et lorsqu'une voix pleure,
Je sais qu'il est des jours où nous sourit la Mort ;
Je sais que le néant veut que le pauvre oublie,
Que riches et souffrants l'éternité nous lie
      Dans la tombe, sublime accord.

Qu'importe le néant! moi je veux la lumière,
Nous ne vivons qu'un jour... qu'importe la prière
Que chacun d'entre vous vient murmurer tremblant
Au seuil de ces palais dont la dalle sonore
Contrefait vos accents quand votre voix implore
   L'obole et le mot consolant.

Je veux que chacun ait une part légitime
Au fragile bonheur, à notre fière estime
Et que dans tous les cœurs vibre le mot : Amour !
Je veux que l'on sourie aux grands hommes qui passent,
Que les faibles mortels dans l'union s'embrassent,
   Qu'ils se protègent tour à tour.

Vous vous courbez, hélas ! sous l'effluve des larmes,
Déshérités, j'entends l'écho de vos alarmes,
Votre révolte enfin contre le destin noir,
Contre la triste faim, contre le sacrifice,
Mais relevez vos fronts si ma parole glisse
   Dans vos cœurs brisés quelqu'espoir.

Car viendra le beau jour, où nouvelle phalange,
Au Seigneur adressant la sincère louange
Vous serez accueillis dans des bras fraternels ;
Oui, petits orphelins, vous trouverez des mères,
Des remèdes, des soins pour toutes les misères
   Et des sourires éternels.

Mais ne demandons point de sang, de représaille,
Car la Pitié murmure et l'Univers tressaille :
La voix de vos sanglots lugubre monte aux cieux...
Déshérités, chacun vous tendra la main pleine
Et le ciel soufflera de sa sublime haleine
   L'Espoir à vos fronts soucieux.

Paris, mai 1887.

A UNE PETITE FILLE

A Mlle Marguerite Bousson.

I.

Chère petite fille à l'œil malicieux,
Au précoce babil, à l'âme déjà tendre,
Par ta voix la Raison souvent se fait entendre,
Vers toi nul ne saurait demeurer soucieux.

Aussi, pour t'obéir chacun accourt bien vite :
Ta voix naïve et pure est un ordre entendu ;
Mon ange, et c'est justice, un culte t'est rendu :
Au banquet du Bonheur, tout ici-bas t'invite.

Si ta mère ne peut te suivre pas à pas
Et parsemer de fleurs le sentier de la vie,
Ah ! ne t'occupe point de la route suivie,
Ceux qui veillent encor ne le feront-ils pas ?

Aussi, pour toi l'on garde un surcroît de tendresse :
Enfant, ton père sait d'où te viennent les pleurs ;
Il prévoit tout, il sait t'épargner les douleurs,
Il veille à ce que rien ici-bas ne te blesse.

Que de petits n'ont pas un bon père auprès d'eux !
Chérie, à voir le tien ton regard s'accoutume,
Qu'à tes côtés ses jours passent sans amertume :
Il sera trop payé si tu l'aimes pour deux.

II.

L'âme reconnaissante,
Aux yeux de l'Eternel
Est sublime et puissante :
Sois l'âme de l'absente
Au foyer paternel !

Reconnaissance auguste,
O bras toujours vainqueur !
Toi qu'arrose le juste,
Vivifiant arbuste,
Ta racine est au cœur !

Montbéliard, Mars 1891.

FILLE DES CHAMPS

Dans le lac limpide et dormant
Si tu contemples ton image,
Le pinson de son doux ramage
Vient louer ton corps si charmant ;
La branche sur les bords de l'onde
Reflète ses rameaux rêveurs,
Pour encadrer, ô belle blonde,
Ton front d'émeraude et de fleurs.

Ta voix s'élève harmonieuse :
Elle chante les prés fleuris,
Les insectes aux mille cris,
La vieille tour silencieuse
Et les brebis dans le vallon
Paisibles, broutant l'herbe tendre ;
Elle chante aussi le grillon,
Jaloux mais ravi de l'entendre.

La Brise au chant délicieux
Est à tes lèvres suspendue...
Des cieux serais-tu descendue ?
Vas-tu remonter vers les cieux ?
Es-tu la vaporeuse ondine
Dont le gai sourire est menteur ?
— Je viens de la ferme voisine,
Je suis la fille du pasteur !

Je suis tantôt l'humble bergère,
La nymphe de ce lieu béni,
Et providence en notre nid,
Tantôt j'en suis la ménagère.
Près du lac riant au Printemps,
Au mystère dans le feuillage,
Je chante... aujourd'hui j'ai vingt ans,
Belle, je suis reine au village !

Mais ces vagues soupirs des bois ?
Est-ce la plainte de la Brise,
L'Amour qui près de toi se grise...
De ton amant est-ce la voix ?
Pourquoi sourire à ce mirage,
Ecouter ces tendres soupirs ?
— Il est si frais mon beau visage,
Ils sont si doux mes souvenirs !

Bordeaux, Juin 1885.

LE GARDE DES VOSGES

La neige en tourbillons obscurcit la nature,
    Le vent du nord souffle glacé ;
J'entends parmi les monts son déchirant murmure,
    J'ai perdu le sentier tracé.

A mon triste regard disparait la vallée,
    Je ne vois plus qu'un blanc manteau.
Et la croix de bois noir, dans ces lieux isolée,
    Etend ses bras sur un tombeau.

Le froid glace mon cœur, il pâlit mon visage,
    C'est la fièvre du désespoir...
Hélas ! je vais mourir éloigné du village,
    Je vais mourir sans les revoir !

Ils m'attendent là-bas en interrogeant l'heure,
    Pensifs et le cœur alarmé :
Ils attendront en vain .. adieu pauvre demeure,
    Adieu mon père bien-aimé !

Adieu, vous, pauvre enfant, dont le sourire tendre
    Venait égayer notre seuil :
Au détour du chemin où vous aimiez m'attendre,
    Bientôt paraîtra mon cercueil.

Etoile d'or, adieu ! De la voûte azurée
    D'où tu guidas souvent mes pas,
Si ton brillant regard, sous l'image sacrée,
    Au moins éclairait mon trépas !

Mais rien ! et cette croix marquant ma triste tombe
    Se meut dans l'ouragan mortel...
Oui, mon dernier linceul est la neige qui tombe,
    Croix noire, sois donc mon autel !

Je ne dois plus revoir le soleil dans sa course,
    Les fleurs émailler le buisson ;
Non, je n'entendrai plus au doux bruit de la source
    De l'oiseau s'unir la chanson.

A la plainte du vent la cloche du village,
    Ces mots d'espoir a répété :
Chrétien, la triste mort du corps est le partage,
    De l'âme l'immortalité !

  . . . .

Le vent cessa soudain... une brise glacée
    Qui soupirait au fond des bois,
Sur son aile emporta la dernière pensée
    Du mourant enlaçant la croix !

Saintes, Novembre 1884.

LA GOUTTE DE SANG

A M. Edouard Lhomme

J'avais seize ans alors, Louise en avait treize ;
Nous nous aimions... L'enfant rieuse était toute aise
De fouler avec moi le gazon du Printemps,
Car pour s'aimer d'amour faut-il avoir vingt ans ?
Ah ! le cœur d'un enfant s'épanouit ou saigne
Sous la main de ce dieu qui tour à tour enseigne
Le tendre adolescent, le vieillard au déclin,
L'amour frappe en aveugle.
                              Or donc, un beau matin,
Nous foulions les sentiers, nous foulions les prairies,
Mêlant le pur accord de nos voix attendries,
Nous arrêtant parfois, moi, pour prendre un baiser,
Tendre et sainte caresse, et l'enfant, pour briser
Quelques fleurs des buissons, ou pour courir légère
Après un papillon... Dieu, qu'elle m'était chère !
L'oiseau des bois chantait en nous voyant passer.
Pour franchir un obstacle on devait s'enlacer,
Et les rires volaient de sa bouche mignonne...
Nous nous aimions beaucoup, mais le ciel me pardonne,
Notre amour était pur.
                        Sur le bord du chemin
Nous nous assîmes ; moi, je pris sa blanche main
Que je pressai longtemps de mes lèvres avides ;
J'étais bien pauvre alors : mes poches étaient vides,
Mais un trésor immense avait place en mon cœur...
C'était, n'en doutez pas, l'amour fait de bonheur.
Oui, j'eus voulu toujours les tenir, les étreindre
Ces jolis petits doigts. L'espiègle voulut feindre
Une distraction, peut-être de l'humeur :
Elle me retira sa main d'un air boudeur
Où perçait cependant un soupçon de malice ..
Allons ! dis-je... est-ce donc un ennui qui se glisse
En toi, sournoisement ? Réponds à mes soucis ?
C'est mal ce que tu fais ; souris, puis adoucis
Ton beau regard. Soudain, elle éclata de rire...
Méchante ! je devrais peut-être vous maudire !
Elle montra sa main, la retirant encor,
L'approchant de la mienne, et riant bien plus fort,
En voyant mon dépit et ma mine contrite.

Elle jeta deux cris... Oh ! la pauvre petite !
Les jolis doigts avaient heurté le dur rocher
Qui nous servait de siège. Hélas ! pour étancher

7

Le sang qui s'écoulait d'une affreuse blessure,
Je repris cette main.
           Sous l'arbre au doux murmure
La pauvrette pleurait ; moi, de son mouchoir blanc,
J'enveloppai la plaie... Ah ! j'étais tout tremblant,
Et triste, je songeais : Pauvre, pauvre Louise !
Quand soudain, j'aperçus, au poignet, ma chemise
Teinte de sang. Ce sang me sembla du carmin.
Bientôt du logis nous reprîmes le chemin ;
Mais hélas ! comme moi, Louise était tremblante,
Tout ému, j'eus pour elle une voix consolante
Et je lui murmurai : Ne pleure plus, enfant !
Puis elle rentra seule...
           Heureux et triomphant,
Je baisai mille fois cette tache vermeille
Dont mon bras se parait comme d'une merveille

. . . .

Treize ans sont écoulés, et touchant souvenir,
En rêvant du passé je saurai te bénir,
Tache d'un sang si pur... le sang de ma Louise !
Hélas ! je fais relique un lambeau de chemise...
Elle est morte à vingt ans ! Qu'importe, chaque jour,
Vieux lambeau, parle moi de mon premier amour !

Méchéria, Mai 1890.

FIANCÉS

A mon ami René Parrot.

Nous sommes fiancés, nos peines sont finies,
Son amour est constant, l'absence l'a mûri ;
Au seuil de son foyer nos mains se sont unies,
Nos yeux se sont parlés et nous avons souri.

Le soir nous devisons aux joyeuses veillées,
Et sous les yeux si bons du père souriant,
Nous parlons d'avenir, d'amours ensoleillées...
La mère au coin du feu nous bénit en priant.

Nous oublions le monde et nos chants d'allégresse
Eveillent vers le soir l'écho silencieux,
Et de ta bouche tombe une sainte promesse
Et nos tendres serments ensemble vont aux cieux.

Seront-ils éternels les beaux jours ! Sans mot dire,
Nous foulons à pas lents, sur le bord du chemin,
Le rameau détaché quand la brise soupire :
Enfant, la Paix nous tend sa bienfaisante main.

Bientôt nous referons un saint pélérinage
Vers les anciens témoins de nos premiers serments :
Pittoresques vallons, rochers du voisinage,
Vous fûtes chaque jour l'écho de mes tourments.

Arbres, où tout rêveur, je promène ma Lyre,
Vous semblez plus riants depuis que je la vois
Sous votre ombrage épais prodiguer son sourire ;
Vous me semblez subir le charme de sa voix,

Je ne veux pour mon cœur de plus tendre harmonie...
En contemplant ému son regard velouté,
Je me dis : C'est un ange, et la branche bénie,
S'incline pour servir de cadre à sa beauté !

Nous sommes fiancés, nos peines sont finies,
Son amour est constant, l'absence l'a mûri ;
Au seuil de son foyer nos mains se sont unies,
Nos yeux se sont parlés et nous avons souri.

Montbéliard, Mars 1891.

PATERNITÉ

N'abandonne jamais l'enfant né d'un amour clandestin, le pauvre petit être aurait trop à souffrir. Qu'il te soit doublement cher ; il saura reconnaître ton affection, ta récompense sera dans l'avenir, et la paternité te rendra fier et grand.

J. G.-D.

Ma chère petite adorée,
Comme un fou j'aime tes grands yeux,
Ta voix doucement murmurée,
Cette chevelure dorée
Couronnant ton front si joyeux,

Quoiqu'à l'aurore de la vie
Ta jeune âme a pris son essor ;
Ton ange gardien t'a suivie,
Tu charmes mon âme ravie
Et Dieu te guide, ô mon trésor !

Au bonheur, avant ta naissance,
Mon pauvre cœur était fermé :
Tu parus, ô sublime enfance !
A l'ombre de ton innocence
Je veux vivre, mon ange aimé.

Sous ton regard dont l'azur brille
Toute douleur peut s'apaiser :
Chaque Printemps, sous la charmille,
Pour être heureux, petite fille,
Je ne demande qu'un baiser.

Quand le travail courbe ma tête
Et quand les heures tour à tour
Passent, pour toi je suis poète...
Je chante ; je songe à la fête
Que me prépare le retour .

Sois mon seul trésor, mon idole..,
Lorsqu'après mon labeur, le soir,
Je te revois rieuse et folle,
Des noirs soucis je me console,
Sur mes genoux reviens t'asseoir !

Dans mes bras jamais ne redoute
Les pleurs ou les jours malheureux ;
Reviens t'asseoir, et puis, écoute,
Je veux t'apprendre ce que coûte
Un passé triste et douloureux.

Mais non... tu ne dois pas connaître
De ta naissance les secrets...
Toujours heureux je dois paraître,
Car le souvenir ne fait naître
Que des larmes et des regrets.

Dans tes yeux des larmes ! Les heures
Pour toi douces doivent couler,
Calme je veux que tu demeures :
Fillette, mon lot si tu pleures
N'est-il pas plaindre, consoler ?

Mes seuls bras guident ta faiblesse...
Sur nos traits la douleur s'empreint,
Mais qu'ici bas rien ne te blesse
Et qu'un jour écoulé te laisse
Des sourires, un front serein.

Parle à ma tendresse profonde,
O toi belle comme le jour
Et douce, et pure comme l'onde...
Sois ma seule joie en ce monde,
Hélas ! pauvre enfant de l'amour !

Ma chère petite adorée,
Comme un fou j'aime tes grands yeux,
Ta voix doucement murmurée,
Cette chevelure dorée
Couronnant ton front si joyeux.

Méchéria, Mai 1889.

EN ESCLAVAGE

(Chant d'adieu.)

La passion de l'or le possède et l'agite,
Cruelle et froide main qu'anime l'orgueilleux...
Main de la tyrannie, égoïste et maudite,
Arrache les enfants du sol de leurs aïeux !

Tristes et désolés sous la voile étrangère,
Leurs regards sont tournés vers leur île si chère,
Ils contemplent encor ce beau ciel toujours bleu ;
C'est là ce cher pays, qui libres les vit naître,
        Lorsqu'il va bientôt disparaître
Leurs larmes et leurs chants sont un dernier adieu :

Adieu berceau sacré de notre indépendance,
Colonnes des palmiers où le nid se balance,
Danses, chants des beaux jours, adieu libres travaux;
Adieu vieux monuments, ô tombeaux de nos pères,
        Sous les ombrages séculaires,
Vos fantômes errants vont gémir sur nos maux.

Adieu jeunes amours, ô tristes fiancées :
Depuis un jour nos mains se tenaient enlacées,
Quand nos maîtres cruels ont rompu leur accord. .
Nous ne nous dirons plus en souriant : Je t'aime !
        Hélas ! à notre heure suprême
Nos corps ne pourront pas s'embrasser dans la mort !

O maîtres, ô vainqueurs, punissez nos souffrances,
Car nous ne pourrons pas vivre sans espérances,
En nous donnant la mort, ah ! donnez-nous l'oubli !
Mais vous riez, tyrans, insultez à nos larmes,
        Nous sommes devant vous sans armes,
Voyez l'abattement sur notre front pâli !

Vous avez bien nos bras... nous vous serons fidèles,
Mais nos rêves aimés de leurs rapides aîles
Nous porteront sans cesse au beau pays des fleurs ;
Nul ne devinera nos angoisses secrètes,
      Car nos lèvres seront discrètes,
L'âme en se souvenant refoulera les pleurs.

Nous ne pourrons longtemps vivre sans toi, Patrie,
Sans l'éclat de ton ciel, sans la case chérie,
Brise de nos forêts, sans tes tendres soupirs !
Oui, nous souffririons trop sur la terre étrangère,
      Et, malgré votre joug sévère,
Moins encor de vos coups que de nos souvenirs !

Saïgon (Cochinchine), septembre 1881.

FRANCE !

O France, mon pays, terre sainte et féconde
Que charment, prés, moissons, fleuves et bois épais,
La Justice t'endort dans les bras de la Paix,
La Raison crie : Hommage à la reine du monde !

La bienfaisante paix la France peut l'offrir :
C'est le pays poète où l'on aime, où l'on chante,
Tout sur ce sol béni nous charme et nous enchante,
On aime y séjourner, on désire y mourir.

C'est aussi le foyer du vrai patriotisme,
Autour de son clocher, le glorieux drapeau,
A l'heure du danger s'assemble ce troupeau
Qui tant de fois donna des preuves d'héroïsme.

A son noble front luit l'aurore du bonheur,
La France en appelant a des accents de mère ;
Non. sa gloire jamais ne fut une chimère :
La France a pour devise : Espoir, Vaillance, Honneur !

Ecoutez, de ce cœur s'exhale une souffrance :
Loin de ton sol, Patrie, expire l'exilé,
Dont la plainte s'élève au beau ciel étoilé,
Aux échos étonnés au nom si doux de France.

Qui jadis a connu la splendeur de tes cieux,
Voudrait un seul instant, dans un bonheur suprême,
Contempler tes vallons, mourir aux lieux qu'il aime,
Mais avant, s'arrêter au tombeau des aïeux.

Méchéria, Janvier 1890.

HOMMAGE AU 1er RÉGIMENT ÉTRANGER

Salut à toi, salut sublime Régiment,
Foyer de la bravoure, ô toi qui sais comment
Savent donner leur sang ceux qu'appelle la France :
Le proscrit, l'orphelin, enfants de la souffrance,
Ceux qui la trouvant grande accourent à sa voix,
Admirant son drapeau meurtri plus d'une fois,
Déchiré dans la lutte, au Tonkin, en Afrique,
Mais toujours glorieux, aimé comme relique,
Salué comme but par le déshérité
Qui sait trouver l'honneur sous ses plis abrité.
Sois fier, noble étendard, et dans les rangs fais place
A tes plus chers élus... Fils des preux de l'Alsace,
Enfants de la Lorraine, aimez la Légion.
Si l'amour du pays est la religion
De tout vaillant soldat, j'entends l'hymne de gloire
Que viennent répéter, acclamant ta mémoire
En ce jour désiré tes fils d'adoption,
Et j'entends mille voix, vibrant d'émotion,
Murmurer : Si la France était notre patrie !
Car ce vœu deviendra leur prière attendrie...
Celui qui vient à nous est bien Français de cœur.
Nombreux ceux qui voudraient dire d'un ton vainqueur
Oui, naturalisé je t'appartiens, ô France !
Ils combattent pour nous, donnons-leur l'espérance.

Salut, salut à ceux qui là-bas sont tombés...
Sous la main de la Mort les fronts se sont courbés ;
Sous la main de la Mort, et non devant la crainte
Ils se sont endormis, pâles, sans une plainte.
Sur le sol étranger un sang noble a coulé,
Il a crié : Vengeance ! et l'honneur a parlé.
Heureux, ceux, qui suivant les martyrs de la veille
Sont demeurés debout dans une onde vermeille :
Ils ont pressé la main d'un frère agonisant,
Eux ont aussi reçu le baptême du sang.

8

L'oubli, l'ingratitude aujourd'hui sont des crimes :
Salut au régiment, salut aux morts sublimes,
Puis aux chefs valeureux dont les noms sont gravés
Au livre de l'honneur. Leurs hauts faits sont prouvés ;
Leur bravoure les suit et les immortalise,
Cette page d'honneur qu'un Français la relise.

Ah ! combien ces héros méritent nos lauriers !
Voyez le légionnaire en ses fastes guerriers :

Le défilé commence... En tête la musique,
Les tambours, les clairons, dans ce désert d'Afrique,
Jettent l'hymne « En avant » à l'écho des grands monts!
Et nos soldats, ces preux, ces vaillants, ces démons
Dont parle le Tonkin, ce livre de nos gloires,
Marchent comme l'on marche au devant des victoires,
Semblant dire : Toujours, France, nous sommes prêts !
Car le chant qui résonne est pour eux plein d'attraits.
Ne répond-t-il donc pas aux sentiments de l'âme ?
Voyez, dans leurs regards brille une sainte flamme,
Ils répètent en eux : En avant ! en avant ! !
L'illusion les guide ; heureux, ils vont suivant
Le drapeau... puis, montrant l'ordre et la discipline,
Devant le commandant chaque soldat s'incline,
Et le chef songe ainsi : Que l'héroïsme est beau !
Ils marcheraient de même à la Gloire, au Tombeau...
J'en suis fier... sans nul doute on trouverait fleurie,
Dans ces cœurs de soldats l'âme de la Patrie !

Méchéria, Janvier 1890.

L'INCONNUE

(Souvenir.)

I.

O vous qui recherchez une existence heureuse
Et pour ne la trouver qu'en un profane amour,
N'avez-vous donc jamais, passant l'âme rêveuse,
    Au bal ou dans l'allée ombreuse,
Rencontré sur vos pas une amante d'un jour ?

. . . .

La brise doucement module un frais murmure,
Sur son aile emportant les voix de la Nature,
Dans leurs nids les oiseaux perlent les plus doux chants ;
La cloche du hameau tinte grave et sonore,
Dans l'immense Univers tout soupire, aime, adore :
    La Joie et la Paix sont aux champs.

Tout est vie et bonheur, tout annonce une fête...
Dans ces lieux enchantés le voyageur s'arrête
Et l'oiseau passager vient gazouiller joyeux ;
Aux soupirs d'un orchestre éclatant et sublime,
    Le peuplier courbe sa cîme
Et sa voix sert de basse aux sons harmonieux.

Sous la branche inclinée est une enfant candide,
Mon regard caressa son doux regard humide...
Ah ! j'eus voulu baiser son beau front empourpré !
J'ai senti de l'amour la première amertume
Et mon front s'est penché plus bas que de coutume,
    La voix de mon cœur a vibré.

Je l'aime ! et dans une heure elle sera partie,
Emportant comme moi la douleur ressentie
Quand se sont confondus nos deux regards rêveurs,
Lorsque nous soupirions, lorsque parlaient nos âmes,
    Quand de douces et pures flammes
Brûlaient au même instant au fond de nos deux cœurs.

Lorsque nous nous disions en cet instant suprême :
Grand Dieu ! ce souvenir sera toujours le même,
Un départ éternel ne peut l'anéantir !
Pour moi je ne connais son nom ni sa demeure,
Mais je me souviendrai jusqu'à ma dernière heure,
    Je mourrai de son souvenir !

II.

Et sans cesse rêvant d'elle,
Que m'importe l'avenir !
A son touchant souvenir
Je serai toujours fidèle.

Elle aussi se souviendra, —
J'en ai l'espoir... mon image
Dans ses rêves reviendra,
Insaisissable mirage ;

Mais nos âmes seront sœurs :
Elles trouveront les cîmes
Des ineffables douceurs,
Des longs rendez-vous sublimes.

Rendez-vous dont les accords
D'une céleste harmonie
Ne laissent point du remords
La déchirante agonie ;

Rendez-vous bénis de Dieu,
Union fervente et pure
Que ne brisent la rupture
Ni les larmes d'un adieu.

. . . .

O vous qui recherchez une existence heureuse
Et pour ne la trouver qu'en un profane amour,
N'avez-vous donc jamais, passant l'âme rêveuse,
    Au bal ou dans l'allée ombreuse,
Rencontré sur vos pas une amante d'un jour ?

Clermont-Ferrand, Octobre 1886.

AIMER...

Aimer c'est vivre...

Connaissez-vous la voix de l'âme
Qui vient murmurer à la femme
Le mot qui seul peut la charmer ?
Le mot dont l'harmonie est tendre,
Le mot que nous brûlons d'entendre :
   Aimer...

Mot renfermant tout un mystère...
L'amoureux le dit solitaire
Au cœur qu'il ne saurait calmer ;
Si ce mot chante l'allégresse,
Souvent que contient de tristesse,
   Aimer.

Ce mot n'est pas une chimère :
C'est le premier qu'apprend la mère
Au fils que Dieu vient d'animer
De la raison, flamme divine...
Dans tous les yeux l'enfant devine,
   Aimer.

Aimer !... chanson toujours nouvelle...
L'amour au cœur de mainte belle,
Tout être aimant peut l'allumer ;
La vierge n'ose le décrire,
En lisant dans chaque sourire,
   Aimer.

Comme une sublime peinture,
Doux poète, aime la Nature,
En rêvant ta joie est rimer ;
Loin de la foule qui s'amuse,
Sais-tu ce que chante la Muse ?
   Aimer.

Et toi, privé de la tendresse
D'une mère ou d'une maîtresse,
Si tes chagrins sont imprimés
Au front... ton cœur à la Patrie !
A ses enfants la France crie :
   Aimez !

Tout parle amour sur cette terre...
L'oiseau le chante avec mystère,
Dans les nids à peine formés ;
A ceux qui vont sous la ramure
L'arbre en son bruissement murmure :
      Aimez !

Puis l'Onde le pleure à la Rive,
Et la Brise qui nous arrive
Pleine d'atômes parfumés,
Nous dit encor : Vieillard, jeune homme,
Vous tous qu'en soupirant je nomme,
      Aimez !

Enfin, mère de l'Espérance,
Ecoutez sans indifférence,
De ses accents accoutumés,
La Charité, reine admirable,
En donnant, dire au misérable :
      Aimez !

. . . .

Tel un beau lierre étreint le chêne,
L'Amour ici-bas nous enchaîne...
Mais au cœur fier de l'affirmer
(Qu'il se souvienne ou qu'il oublie)
Gardons cette douce folie,
      Aimer !

Méchéria, Avril 1889.

L'ADIEU

A M. E. Bousson, professeur.

L'adieu vient de tomber de sa bouche vermeille,
L'enfant a murmuré, ses deux bras m'entourant :
Attends ! J'ai répondu : Te retrouver pareille
Est mon rêve... L'adieu frappe encor mon oreille
      Comme un glas de mourant.

Elle est partie... Hélas ! mon cœur souffre, je pleure ;
Je vais de tous côtés, n'arrêtant nulle part,
Car l'ange des Douleurs de son aîle m'effleure,
Mon regard s'est terni, ma lèvre maudit l'heure
      Qui sonna le départ.

Sera-t-elle fidèle à son serment ? Peut-être...
L'amour est un parfum que le temps affaiblit ;
Avenir ! réponds-moi ! je voudrais te connaître...
L'avenir me répond : Amant, le Temps fait naître
      Le froid dédain, l'oubli.

Qui sait si le Destin me rendra mon Hélène !
L'espoir d'un prompt retour ne saurait m'apaiser.
De chagrins, de terreur, mon âme est toute pleine,
Mon visage pourtant garde encore l'haleine
      De son dernier baiser.

Qu'importe ! ce baiser me ronge et me torture ;
Ma pensée, en songeant qu'il ne peut revenir,
Refait de mon bonheur la riante peinture,
Car en rêvant, j'entends par toute la Nature
      La voix du Souvenir.

Cette voix augmentant ma tristesse profonde
Me trouble ; mon oreille avide de savoir,
Peut-être écouterait la calomnie immonde...
Et puis, je l'aime tant, que je crains en ce monde
      De ne plus la revoir !

Des parjures l'on peut faire de longues listes,
Ah ! que de faux serments devant tous, devant Dieu !
Dans le grand bois qui vit tant d'amoureux touristes,
Au dernier rendez vous, Ciel ! que vous fûtes tristes,
       O larmes de l'adieu !

En cet instant fatal, pleurant à mon étreinte,
Elle me dit : Pourquoi devrais-je t'aimer moins ?
Cher amant ! Dans mon cœur ton image est empreinte,
Arbres du rendez-vous, répondez à ma crainte,
       Vous fûtes nos témoins !

Car vous vîtes nos mains s'unir, et votre ombrage
Se prêta volontiers à notre épanchement ;
Ce chêne auguste et fort qui vit plus d'un orage,
Souvent sembla nous dire : Ayez foi, grand courage,
       Aimez-vous saintement !

Je voudrai le revoir ce chêne séculaire
Sous les rameaux duquel on osait s'enlacer,
Et lorsque sonnera l'heure crépusculaire,
J'aimerai retrouver les bois, la source claire
       Qui nous voyaient passer.

Je chercherai les lieux où ma belle, craintive
Se pressait contre moi lorsque tombait le soir :
L'Angelus égrenait sa voix sainte et plaintive,
Hélène aimait alors, à ces sons attentive,
       Sur le gazon s'asseoir.

Déjà dans ces chemins je pleure, je m'attarde ;
Témoins de mon amour, enfin je vous revois !
Hélas ! je reviens seul, et seul je vous regarde...
Touchante illusion, j'écoute... ce lieu garde
       Un écho de sa voix.

Méchéria, Juin 1890.

DEUXIÈME PARTIE

———

L'ANGELUS

A Mlle Pauline Bruet,

I.

Quand l'Angelus sonne le jour,
J'aime entendre sa voix sonore,
Son harmonieux chant d'amour
Aimant nous annoncer l'Aurore,
Quand l'Angelus sonne le jour.

Lorsqu'annonçant la dernière heure,
Sa voix vient nous parler de Dieu,
Ne semble-t-il pas qu'elle pleure
Et soit un doux et triste adieu,
Lorsqu'annonçant la dernière heure ?

II.

Quand l'Angelus sonne le jour,
Sa voix s'égrenant dans l'espace,
Au gré du Zéphir, tour à tour,
Tendre et faible ou vibrante passe,
Quand l'Angelus sonne le jour,

Lorsqu'annonçant la dernière heure,
Elle murmure avec bonté :
Que la Paix soit dans la demeure
Du pauvre... Entends, déshérité,
Consolante est la dernière heure !

III.

Quand l'Angelus sonne le jour,
A sa voix, écho des prières,
Le Ciel clément n'est jamais sourd :
Il bénit les mains ouvrières
Quand l'Angelus sonne le jour.

Au refrain de la dernière heure,
Apparaissez, ô songes d'or,
Autour des berceaux où l'on pleure !...
...L'enfant en souriant s'endort,
Lorsqu'a vibré la dernière heure.

Montbéliard, Mars 1891.

———×———

DANS LES BLÉS

Quand jeunesse est votre partage,
N'ayez souci du lendemain,
Filles et garçons du village,
Accourez la main dans la main ;
Sur le frais gazon de la plaine,
Le cœur joyeux, tous rassemblés,
Amis, fuyez à perdre haleine,
Pour aller rêver dans les blés.

Vous, amants, qui parlez tendresse
Loin des regards de vos parents,
Pour mieux goûter votre allégresse
Ralentissez vos pas errants ;
Mais au bois un bruit vous éveille,
Vous vous arrêtez tout troublés,
N'hésitez pas ! on vous surveille...
Vite, cachez vous dans les blés !

Fille rêveuse, à la voix tendre,
Lorsque tu chantes le matin,
L'amour que tu sembles attendre
Est souvent volage, incertain...
Pour le surprendre, belle blonde,
Ah ! quitte ces bords isolés :
L'amour n'est pas au fond de l'onde,
Il sourit caché dans les blés.

Joyeux enfants de la campagne,
Loin de votre école égarés,
Jamais le souci n'accompagne
Vos pas. . fiers sont vos fronts dorés ;
De fruits, de nids, le béret s'orne,
Mais quoi ! ces airs si désolés !...
— Qu'avez-vous vu ? — Le vieux tricorne...
— Enfants, cachez-vous dans les blés !

Oiseaux qui charmez la ramure
De vos refrains mélodieux,
Suspendez votre doux murmure,
Un bruit vient de troubler ces lieux :
C'est le chasseur, race traîtresse...
Fuyez. fuyez, hôtes ailés !
Pour rire de sa maladresse,
Oiseaux, voltigez dans les blés !

Paris, Juin 1887.

LES SAISONS

C'est le Printemps, le pauvre en sa demeure
Semble renaître, écoutant radieux
Le chant d'espoir que lui murmure l'heure,
Le chant d'amour qui lui descend des cieux.

Déjà le Printemps chante
Par la voix de l'oiseau,
Ton murmure m'enchante,
Murmure frais ruisseau ;
De ces vertes prairies,
Neiges disparaissez ;
Sous les branches fleuries,
Couples heureux passez.

O laboureur, tu souffres et tu peines. .
Voici l'Eté, c'est la chaude saison,
La gerbe d'or dont tes deux mains sont pleines
Est attendue à la blanche maison.

Rentre la gerbe blonde,
Déjà fuit le soleil,
L'astre au miroir de l'onde
Laisse un reflet vermeil ;
De la dernière cime
Ne dit-il pas : Espoir ?
C'est un adieu sublime,
Laboureur, c'est le soir !

Voici l'Automne et la branche pliante
La pomme rose et le raisin vermeil,
Le blond enfant la lèvre souriante,
A cet aspect la pensée en éveil.

Cueille le fruit que donne
Le Dieu plein de bonté,
Enfant, malgré l'automne,
Fais trève à ta gaîté :
Dans la forêt prochaine
Le vent vient de gémir,
L'humble reprend sa chaîne,
Les beaux jours vont finir.

Enfin l'Hiver revêt sa blanche robe,
Dans les vallons plus de chants, plus de fleurs,
Le frais gazon à nos yeux se dérobe
Et le matin les branches ont des pleurs.

Des champs l'homme s'exile,
Et le cœur plein de fiel,
Le pauvre sans asile
Passe et maudit le Ciel...
La neige tombe, tombe
Sur les chemins, les prés,
Les toits, sur l'humble tombe,
Sur les marbres sacrés.

Méchéria, Avril 1890.

PETIT OISEAU

Petit oiseau, tu demandes ta mère,
Tes faibles cris sauront-ils l'attendrir ?
La liberté pour tes semblables chère,
Loin de leurs cœurs chasse ton souvenir :
Contente-toi du pain que l'on te donne
Et pour tes pieds du fragile rameau...
Ah ! crois-le bien, ta mère t'abandonne,
            Petit oiseau.

Petit oiseau, cette plainte attendrie
Se changera peut-être en chants joyeux,
Renonce aux tiens, à la plaine fleurie,
Sur le rocher vit l'aigle audacieux ;
Notre amitié, crois-le, te sera douce,
La nuit est fraîche aux bords du clair ruisseau,
Un chaud duvet vaut mieux qu'un lit de mousse,
            Petit oiseau.

Petit oiseau, j'entends gronder l'orage
Aux mille éclairs courant sous le ciel noir ;
De l'affronter aurais-tu le courage ?
Chez tes amis règne le désespoir.
Si le torrent se brise avec furie,
En emportant les doux nids des roseaux,
Oh ! je vous plains ! songeant à vous, je prie,
            Petits oiseaux.

Petit rebelle, on voit de ma fenêtre
Les champs, les fleurs et les grands arbres verts,
On voit aussi chaque Printemps renaître
Et l'on se rit des frimas des hivers :
. La neige alors attriste le bocage,
Les peupliers semblent un blanc rideau...
Avec amour nous ornerons ta cage,
            Petit oiseau.

Petit oiseau, mon amour pour ta race
Me rend peut-être injuste et meurtrier,
De ton berceau, va, recherche la trace,
Tes faibles cris, hélas ! semblent prier...
A vous, oiseaux, les champs, les bois, et même,
Vous les donnant Dieu dit : Soyez bénis !
A l'homme il faut le foyer où l'on aime,
            A vous les nids.

Méchéria, Avril 1890.

LE POÈTE EST ROI

Je suis poète et ma richesse est faite
De liberté, d'amour et de soleil
Et mille oiseaux chantent à mon réveil,
Un nouveau jour est un grand jour de fête !
Ces bois, ces champs, je m'en suis fait le roi :
L'illusion me dit qu'ils sont à moi.

Je suis heureux, je suis poète,
Je chante les oiseaux, les fleurs,
Je suis l'écho d'un peuple en fête,
Je suis le chantre des douleurs !
Ma maîtresse est la tendre Muse,
Lorsque sa main vient m'effleurer,
Si quelquefois joyeux j'amuse,
Ma Lyre fait souvent pleurer.

Oui, je possède une chaumière,
Des arbres, un riant verger,
J'ai de l'ombre, de la lumière,
Les caresses d'un vent léger ;
Dans les taillis la chèvre broute,
Mon vallon est silencieux :
La solitude est une route
Qui va de la Prière aux Cieux.

J'aime du ciel la voûte pure,
Dôme d'azur majestueux,
J'aime les bruits de la ramure
Dont l'écho semble un chant pieux ;
J'aime la cloche du village,
Sa voix annonçant le retour
De l'aube blanchissant la plage,
La prière au déclin du jour.

Ai-je besoin de bien-aimée
Pour ensoleiller ma maison ?
Ma solitude est animée
Lorsque vient la belle saison...
Avec les fleurs, l'onde limpide,
Mon plus grand trésor est l'honneur,
Pour moi le jour passe rapide,
Volant sur l'aile du bonheur.

Je suis poète et ma richesse est faite
De liberté, d'amour et de soleil
Et mille oiseaux chantent à mon réveil...
Un nouveau jour est un grand jour de fête !
Ces bois, ces champs je m'en suis fait le roi,
L'illusion me dit qu'ils sont à moi.

Méchéria, Mai 1890.

LE BERCEAU

I.

Zéphir annonçait le Printemps
A la montagne, à la prairie
Et des amoureux de vingt ans
Gaîment foulaient l'herbe fleurie ;
Un joyeux baptême attendait
Auprès d'une église isolée,
Grave, une cloche répondait
Aux premiers pleurs d'un fils de la vallée :

Dans vos langes bénis, petit enfant dormez,
Dormez sous le regard du Dieu qui vous protége.
Déjà par le sommeil vos grands yeux sont fermés,
Vos parents radieux vous font un doux cortége.

II.

Sous le grand chêne un frais berceau
Réjouissait l'heureuse mère,
Dont le chant au chant du ruisseau
Se mariait sans note amère...
Là s'endormait un enfant blond,
Aux yeux d'azur, au teint de rose,
La brise du calme vallon
Lui murmurait : Doux chérubin, repose...

Et le vallon disait : Petit enfant dormez,
Dormez sous le regard de celle qui vous aime,
Lorsque par le sommeil vos grands yeux sont fermés,
Au champ le laboureur ouvre un sillon et sème.

III.

L'enfant dormait en souriant,
La mère ainsi devait sourire,
Elle l'admirait en priant...
Ce bonheur ne peut se décrire :
S'il était plus grand il aurait
Le gazon jauni pour s'étendre,
Puis, aux abords de la forêt,
Tentant sa main le fruit vermeil et tendre.

10

Mais la forêt disait : Petit enfant dormez,
Votre mère en rêvant vous veille, faible arbuste,
Lorsque par le sommeil vos grands yeux sont fermés,
Au bois le bûcheron frappe l'arbre robuste.

IV.

Mais le vent annonçait l'hiver,
Un sanglot déchirait la nue
Et le berceau restait désert
Dans la chaumière triste et nue ..
Un petit cercueil attendait
Sous le vieux porche de l'église,
La neige en tombant étendait
Sur les champs noirs sa robe froide et grise.

Le vent disait : L'enfant est tout pâle .. il est mort ;
Auprès du berceau vide une femme le pleure,
Dans la tombe à jamais le pauvre petit dort
Et des fleurs n'ornent pas sa funèbre demeure.

V.

Il n'avait pas un an... Les pleurs
Vieillirent bien vite la mère.
Tous les objets à lui, des fleurs
Et le berceau, relique chère,
Sa robe enfin furent placés
Sous le vieux crucifix de chêne...
Comme souvenir c'est assez :
Au souvenir plus d'un espoir s'enchaîne.

Jadis, songeait la mère, ah ! tout me semblait beau :
Les champs, l'étroit vallon, le ruisseau qui l'arrose,
De la foi j'admirais le consolant flambeau...
Dans le petit berceau souriait l'enfant rose !

Méchéria, mars 1890.

LES NIDS

A M. Charles Fuster,
Rédacteur en chef du *Semeur*.

Le gai Printemps va renaître,
C'est la fête des oiseaux,
Vous pouvez le reconnaître
A leurs cris dans les roseaux,
Dans les bosquets, la charmille..
Hôtes des champs et des bois,
Venez ensemble, en famille,
Boire à la source où je bois.

Oiseaux, que les fleurs sont belles !
Aimez-vous... Soyez unis
Et sous les feuilles nouvelles
Bâtissez de nouveaux nids.

Et pleins de sollicitude,
O couples heureux, formez
Le gîte ; mais d'habitude
Sur la branche où vous dormez,
Cherchez une bonne place
Sous un dôme frémissant
Et sur le rameau qu'enlace
Le beau lierre caressant.

Aimez, saintes avalanches
D'oiseaux... Des rayons bénis
En jouant parmi les branches
Doreront les nouveaux nids.

Qu'ils forment une couronne
Semblable à des reflets d'or
Dont chaque nid s'environne,
Puis, aux grands bois où tout dort,
Que de la branche où s'arrête
La rosée aux mille pleurs,
Les petits penchent la tête
Pour boire à l'urne des fleurs.

Oiseaux, que les fleurs sont belles !
Aimez-vous... Soyez unis
Et sous les feuilles nouvelles
Bâtissez de nouveaux nids.

Des nids vos chansons divines
Se répondront tour à tour :
Chants des bois, chants des ruines
De l'antique et triste tour,
Vibrez le soir, à l'aurore...
Ces accents qui vont à Dieu,
Dans mon âme font éclore
La tristesse de l'adieu.

Chantez oiseaux, la ramure
Est un temple harmonieux
Et votre hymne, doux murmure,
Expire aux portes des cieux.

Dieu parle... Dans toutes choses,
Je l'entends et je le vois,
Car dans ses métamorphoses
Il est sublime ! à sa voix,
Lande, tu deviens prairie...
Sa main, mystère infini,
Change en corbeille fleurie
Les ruines d'un vieux nid.

Gais oiseaux, les fleurs sont belles !
Voici venir l'heureux jour...
Que sous les feuilles nouvelles
S'abritent la Paix, l'Amour !

Montbéliard, Avril 1891,

RIVES DE PROVENCE

Provence, ta mer est si pure,
Et sur le rivage, le soir,
Tes flots ont un si doux murmure
Qu'ils semblent nous bercer d'espoir...
Lorsqu'ils expirent sur la grève,
Dans un soupir mystérieux,
On croirait assister en rêve
Aux concerts que l'on donne aux cieux.

Accompagne du chant de l'onde
Le refrain des jeunes amants...
Mer aux flots bleus, l'Océan gronde,
Toi, balance tes flots charmants.

De ses blanches ailes qu'arrose
Le flot d'émeraude ou d'azur,
L'oiseau des mers est beau, s'il ose
Profaner ton miroir si pur ;
Reflète en tes ondes limpides,
Les villas, corbeilles de fleurs,
Les coteaux, ces barques rapides
Portant les diverses couleurs.

Accompagne du chant de l'onde
Le refrain des jeunes amants...
Mer aux flots bleus, l'Océan gronde,
Toi, balance tes flots charmants.

Le jour fait place au crépuscule...
Une vierge vient inonder
Ses brillants cheveux noirs qu'ondule
Le Zéphir semblant la garder
De toute atteinte... Avec tendresse,
O Brise, chante sa beauté :
Ton soupir est une caresse,
Ton baiser, une volupté.

Soupire à l'aurore pâlie !
Mer aux flots bleus, soupire encor
Lorsque l'astre du jour s'oublie
Dans le nuage aux franges d'or !

Méchéria, Mars 1890.

POUR VOUS !

A M. Alphonse Keller.

Je rêve pour vous, ô ma bien-aimée,
Après un aveu, l'amour éternel,
Des fleurs au corsage et sous la ramée
Le banc de gazon d'où l'on voit le ciel ;
Mais lorsque nos yeux ont lu dans ce livre,
Que l'astre n'a plus de rayons pour nous,
Dans les songes d'or moi j'aime vous suivre,
    Pour rêver de vous.

Je rêve pour vous le jour sans nuage,
L'illusion chère et les ris, les chants,
Un lit de verdure au fond de la plage,
Un berceau touffu dans la paix des champs,..
Quand tout disparait, que l'âme s'enivre,
Que chacun demande un repos bien doux,
Dans ma pauvre chambre, ah ! que j'aime vivre,
    Pour rêver de vous.

Je rêve pour vous la simple couronne
Et sur votre front une chaste fleur,
Un groupe d'amis qui nous environne
Demandant pour vous l'éternel bonheur ;
Oui, je crois vous voir dans la mousseline,
J'entends de chacun l'hommage si doux,
Mais voici le soir et mon front s'incline,
    Pour rêver de vous.

Je rêve pour vous le foyer modeste,
Les heures que fait la tranquilité,
Le trésor sacré qui toujours nous reste
Et brille en ces mots: Respect-Loyauté.
Je rêve d'enfants chérissant l'étude
Et vous égayant de leurs rires fous,
Aujourd'hui je cherche une solitude,
      Pour rêver de vous.

Je rêve pour vous, pour notre vieillesse,
De blonds chérubins, plaçant réunis,
Dans vos cheveux blancs les bluets que laisse
Le Printemps prodigue aux grands blés jaunis ;
Lors, je chanterai, tant que sur ma tête
Planera riant le passé jaloux :
Vieillard au déclin, je serai poète,
      En rêvant de vous !

Méchéria, Juillet 1890.

OISEAUX ET FLEURS

A M. Paul Bruet.

Dans le grand parc, sous le même arbre,
Se reflètent au sein des eaux
Des ruines, fragments de marbre,
Des roses et des vols d'oiseaux.

Une chanson fraîche et sonore
S'égrène aux premiers feux du jour ;
Cette voix, soupir de l'aurore
Semble fêter ce beau séjour.

Gais oiseaux, saluez les roses,
Les blanches roses des buissons,
Pour dérider les fronts moroses,
Préparez de douces chansons.

Dans les branches entrelacées
Des perles brillantes ont lui :
Blanches gouttes par Dieu placées,
Etes-vous les pleurs de la nuit ?

Formez un ensemble superbe,
Sublime, en même temps joyeux,
Oiseaux et fleurettes, dans l'herbe
Vous naissez pour charmer nos yeux.

Un rayon joue avec les roses,
Les blanches roses des buissons,
Ah ! déridez les fronts moroses,
Oiseaux, de vos douces chansons !

Vous gazouillez des mélodies
Et vos refrains sont infinis...
Dans les champs soyez applaudies,
O notes qui tombez des nids !

Parmi les fleurs couvrant les tombes,
Oiseaux, en chantant, voltigez !
Fauvettes, pinsons et colombes,
Par vous les morts sont protégés.

Un rayon joue avec les roses,
Les blanches roses des buissons,
Ah ! déridez les fronts moroses,
Oiseaux, de vos douces chansons !

Oiseaux, fleurs ! gracieux poème,
Chef d'œuvre que Dieu fit pour nous,
Tout ce qui respire vous aime,
L'enfant vous contemple à genoux ;

Il joue avec la paquerette
Qui lui sourit dans le vallon...
Suis dans les sentiers la fauvette
Et chante avec elle, enfant blond !

Un rayon joue avec les roses,
Les blanches roses des buissons,
Ah ! déridez les fronts moroses,
Oiseaux, de vos douces chansons !

Enfin sur l'émeraude tendre
Des prés, oiseaux, fleurs rassemblés,
Des poètes osent prétendre
Qu'ensemble d'amour vous parlez.

La nuit quand soupirent la Brise
Et mille autres vagues rumeurs,
Malgré la feuille qui se brise,
Rêvez, Rêvez gentils dormeurs.

Charmants oiseaux, rêvez aux roses,
Aux blanches roses des buissons,
Pour dérider les fronts moroses,
Composez de douces chansons !

Méchéria, Juin 1890.

DANS LA MORT

Notre amour est maudit, vois ces deux coupes pleines,
Nous pourrons, si tu veux, pour être heureux encor,
Dans un dernier soupir confondre nos haleines...
Viens à la délivrance ! ah ! viens braver le Sort !

Tais-toi chérie... entends hurler ce vent du nord,
Nous pourrions appeler, nos plaintes seraient vaines :
De longs frissons glacés circulent dans nos veines,
Dans nos cœurs nous sentons les affres de la mort.

Que t'importe exister ! vois, je meurs, et tu m'aime,
Enfant, viens, nous irons dans l'étreinte suprême,
Sous le sol, nous donner de longs embrassements.

Dans le coin solitaire où nul regret ne tombe
Passant, détourne-toi... ne foule pas la tombe
Où seront confondus nos pauvres ossements.

DÉSESPÉRANCE

Je voudrais échapper à ton indifférence,
Car je dois redouter mon triste isolement :
Je n'ai pas un ami partageant mon tourment,
Comme un rêve insensé je chasse l'espérance.

Non, tu ne m'aimes plus, j'en ai trop l'assurance !
Tu m'accordas pourtant plus d'un heureux moment
Et les bonds de mon cœur, que brise la souffrance,
Me répètent l'écho de ton dernier serment.

Je suis dans un désert parmi la tourbe humaine...
Qu'importaient près de toi son mépris ou sa haine,
N'étais-tu pas mon Tout, mon Univers, mon Dieu ?

Ma voix t'invoque, ô Mort ! viens, je pleure de rage !...
Hélas ! je n'aurai pas le terrible courage,
Enfant, de te laisser un éternel adieu.

VIERGE

La voyez-vous, séduisante bergère,
Rêver aux bords de la mer en courroux ;
Sa main soutient la houlette légère...
Croyez le bien, son rêve est des plus doux.

Malgré le vent agitant l'onde amère,
La vierge attend... Serait-ce un rendez-vous ?
Non... mais la brise, et l'astre, et la nuit claire...
Les derniers flots inondent ses genoux.

Voici la nuit ! Qu'elle est calme et sereine !
Ma douce enfant de l'Océan soit reine...
A l'horizon, lune viens tressaillir !

O chante, enfant !... Sa voix fêta la plage :
Pour l'écouter les flots et le feuillage
Ont suspendu leur éternel soupir.

LE TÉMOIN

Ce n'étaient que sanglots et longs cris attérés :
Au sommet du grand mât, un oiseau, l'hirondelle,
Sans doute fatigué, s'en vint tirant de l'aile...
Le pont retentissait d'appels désespérés.

Du navire, soudain les flancs noirs effondrés,
Lentement dans l'abîme ont coulé : Mort cruelle !
Malheureux qu'engloutit une vague rebelle,
Un hôte ailé répond à vos adieux sacrés.

La mer sut le secret de leur lente agonie ;
Sur leur tombe où grandit sa sauvage harmonie,
La Tempête traçait des sillons bondissants.

Le dernier mât sembla menacer les cieux mornes,
Mais lorsqu'il disparut dans les flots mugissants,
L'oiseau reprit son vol vers l'horizon sans bornes.

BERCEAU ET TOMBE !

A M. et Mme Arsène Zeller.

La jeune mère rit auprès d'un frais berceau,
Sans quitter du regard le chérubin tout rose ;
L'enfant unit sa voix au doux chant d'un oiseau
Penché sur la fenêtre où se pâme une rose.

Un rayon de soleil, tour à tour, du rideau
Sur le front de cet ange, émerveillé se pose,
Cependant le sommeil erre au regard si beau,
La mère a des baisers pour la bouche mi-close.

Mais aujourd'hui, brisée, une femme en grand deuil,
Suit sans larmes, sans cris, un cher petit cercueil ..
L'ombre des grands cyprès sur les vieux marbres tombe ;

Au fond du cimetière et sur la grande croix.
Gai, l'oiseau fait entendre une éclatante voix...
Un rayon joue au bord d'une nouvelle tombe !

LE FOSSOYEUR

Dans ce champ du Repos sont rendus à la terre,
Confondus tour à tour, riches et malheureux,
Et le pauvre cercueil qui me vient solitaire
Est bientôt remplacé par un convoi pompeux.

Ici, le chant de l'orgue à l'hymne mortuaire
Se marie... Ecoutez ces soupirs douloureux !
Si les pauvres du moins rachetaient les heureux !
Là, le simple drap noir atteste une misère...

— Vieillard, dont les longs jours s'écoulent dans ce lieu,
Près de l'éternité, mais plus près de ton Dieu,
O toi dont l'existence est bien près d'être éteinte,

Que ces vaines grandeurs appellent ton mépris !
Qu'importent d'une tombe et le luxe et le prix,
Puisqu'un tombeau convie à l'égalité sainte !

DÉFAITE

A M. Ad. Pétermann.

Lentement ils s'en vont sous la nuée ardente,
Vêtements en lambeaux et fronts décolorés,
Parmi les grands bois noirs et les épis dorés
Et rien ne les distrait de leur marche prudente.

Les derniers bruits de guerre au loin sont murmurés ;
Aux yeux de ces soldats tout marque l'épouvante,
La désolation est partout émouvante,
Ici des rocs pendants, là des murs effondrés.

Ils passent... La poussière en tourbillons s'élève,
On croit les voir glisser comme dans un long rêve,
Ils avancent sans but, inconscient troupeau.

Plus de chants glorieux, plus de cris d'allégresse...
Sur ces guerriers, pourquoi ce voile de tristesse ?
Ils ont courbé la tête et perdu leur drapeau !

LE CAPTIF

Oui, j'entendis sa plainte, alors qu'au ciel d'azur,
Les oiseaux s'attachaient aux aîles de la Brise ;
La saison du bonheur chantait dans tout cœur pur,
Le prisonnier disait : Souffrir est ma devise !

Un rayon de soleil dans mon cachot obscur,
Me parle des splendeurs qu'un printemps poétise,
Une fleur vient parer la fente du vieux mur,
J'entends le chant joyeux des cloches d'une église.

Hélas ! adieu, vous dis-je, ô sublimes beautés !
Je pleure, et mes sanglots ne sont pas écoutés,
Je pleure, et nulle main ne sèchera mes larmes...

Mais un cher souvenir ravive mon tourment :
A-t-elle été fidèle à son tendre serment ?
Cette affirmation chasserait mes alarmes !

PAUVRE PETITE

Pauvre petite, aux traits pâlis et doux,
Chez toi je vois des noirs soucis la ride
Et dans tes yeux la trace encore humide
Et sur tes bras mille marques de coups.

Honte à celui dont une main perfide
Te fait tomber, le soir, à ses genoux,
Si tu ne peux donner que quelques sous
Insuffisants pour sa soif intrépide.

Oh ! jours maudits ! vivre dans cette horreur !
Ton front s'empreint du sceau de la terreur,
Dans l'avenir tu n'as point d'espérance.

De tes sanglots le monde se rira,
Plus tard, hélas ! ton corps se flétrira :
Pour toi la mort serait la délivrance !

LA MÈRE

Je reste à contempler cette figure blême,
L'image de l'époux, qu'hélas ! je vis partir...
O Mort, vois, c'est mon fils ! je ne puis t'attendrir ?
De tes mains mon amour l'arrachera quand même !

Mon oreille, grand Dieu ! n'entend plus retentir
Sa plainte... Se penchant sur le beau front qu'elle aime,
La mère espère encor, mais le baiser suprême
Se heurte sans retour à son dernier soupir.

Il n'est plus... et depuis qu'il dort dans le suaire,
Sous le cyprès rêveur, sous l'arceau funéraire
La femme échevelée apparaît chaque soir,

Et la Folie accourt aux cris de cette mère :
La folle dans la nuit hurle son désespoir
Et l'écho des tombeaux redit sa plainte amère.

LE RÊVE DU POÈTE

Du poète l'ambition
Est de rêver dans la Nature,
Ecoutant son charmant murmure :
La voix de la Création.

Cependant tel veut pour parure
Des lauriers. — L'acclamation
L'enivre, et souvent sa figure
De l'orgueil peint l'émotion.

Dédaigneux il franchit l'espace...
Pour lui dans la clameur qui passe
L'oubli n'est qu'un sort mérité.

Trop haut, hélas ! son front s'élève :
O Dieu ! frappe-le, lorsqu'il rêve
De gloire et d'immortalité !

LA VIEILLE CROIX

Les vieux bras étendus veulent encor bénir,
Mais des siècles, la mousse a recouvert la pierre,
Et, s'enlaçant au Christ, une branche de lierre,
A l'arbre des douleurs semble le retenir.

A ses pieds l'on dépose une simple prière :
Une veuve, un enfant aiment s'y recueillir,
Puis, d'une fleur des champs qu'elle vient de cueillir,
Quelquefois en passant les orne une ouvrière.

Et cependant, jadis, que de cœurs douloureux
Vers elle s'élevant ! Qu'à ses côtés d'heureux
Firent sainte la part d'une pensée intime !

O croix ! si le mortel ne veut plus t'adorer,
Echo du Ciel ta voix peut encor murmurer:
Qu'il a puisé d'espoir à mon ombre sublime !

L'ANGELUS DE L'EXIL

A M. Edouard Lhomme.

Loin de mon clocher ma souffrance est vive,
Mon pauvre village était mon amour...
Aux chagrins mortels faut-il que surv ive
L'exilé dont nul n'attend le retour !

On aime partout la note plaintive
Egrenant trois fois de la vieille tour
Le sublime chant que l'âme attentive,
Ecoute le soir, le matin, le jour ;

Cette voix sacrée où Dieu laisse au monde
Le salut du Ciel, une paix profonde,
Hélas ! l'exilé ne l'entendra plus...

Il soupire et dit au cœur qui se brise :
Des grands bois profonds où passe la brise,
La tendre harmonie est notre angelus !

SALUT PRINTEMPS !

A M. Charles Fuster.

Lorsque le réveil ouvrit ma paupière,
Ce matin l'aurore a sû m'éblouir...
Le vent est plus doux, près de sa chaumière,
Le pauvre aujourd'hui doit se réjouir ;

Les derniers frimas vont s'évanouir ;
Je vois dans l'espace un flot de lumière...
Journée adorable, ô sois la première !
Je vis, car mon cœur peut s'épanouir.

Rayonne soleil... je te ferai fête !
Fleuve de rayons, pour baigner ma tête,
Parais radieux au ciel azuré !

Un oiseau des bois chante à ma fenêtre,
La branche a fleuri, l'onde murmuré :
C'est le beau Printemps qui vient de renaître !

L'AVEUGLE

— Vieillard, nous déplorons le malheur qui vous lie
A la nuit sans retour, vivant dans un tombeau,
Ce monde d'autrefois, que le songe n'oublie,
Est par le souvenir plus riant et plus beau.

— Dans mon ombre j'échappe aux mains de la Folie,
Un idéal de Paix se crée en mon cerveau,
Je n'entends que les pleurs de la foule avilie,
Le Rêve me reporte en un monde nouveau.

— Mais il est des plaisirs dont l'écho vous invite ?
— Chimérique bonheur qu'un philosophe évite...
— Vieillard, vous ignorez quelle clarté nous luit !

— Qu'importent vos plaisirs, l'éclat que je devine :
Du flambeau de la foi l'étincelle divine
Vient changer en clarté mon éternelle nuit !

AMOUR PUR

A celle que j'aimerai.

Amour tendre, adorable, espérance chérie,
Comme un autre baptême, ô toi qu'ému j'attends,
O pain vivifiant pour une âme meurtrie,
Donne, donne aux élus un éternel printemps.

Je le sens, l'amour pur, c'est la foi, la patrie
Du proscrit, du poète, ou du cœur de vingt ans ;
C'est l'auréole d'or, la couronne fleurie
Dont le Ciel veut orner le front glacé du Temps,

Elle m'apparaîtra la vierge, et sur sa route
Les rameaux s'enlaçant formeront une voûte
Et l'oiseau saluera cette apparition.

Viens, ô toi la candeur, amour qui nous relève !
Dans ton règne je vois une rédemption...
Viens femme !... et sur nos fronts se penchera le Rêve.

A UNE JEUNE MUSICIENNE

Quand l'instrument parle sous ta main frêle,
En chants ou pleurs, j'écoute frémissant,
Comme on entend l'harmonie éternelle
Tomber du ciel en un vol caressant.

L'hymne du soir : la tendre ritournelle
Du gai pinson, le cantique puissant
De la forêt ou de la cascatelle,
Ou l'ouragan au soupir gémissant.

Oui, comme aux voix qui passent sur la brise,
Je peux rêver et mon âme se grise
Aux sons ailés qui vibrent tour à tour :

Mais chante encore !,.. Eloigne ma tristesse,
Sans te connaître, ô jeune enchanteresse
Tes doux accords m'ont parlé de l'Amour !

POUR LA PATRIE !

A M. Alfred Grisez, dessinateur.

Petits enfants, sous l'humble croix où prie
Le laboureur, chaque soir en passant,
De fiers vaincus honorent la prairie
D'un souvenir sans cesse grandissant :

Ils ont voulu défendre la Patrie,
Au premier signe accourir frémissant
Et lui donner, et leur âme aguerrie,
Leur avenir, leur amour et leur sang,

Qu'à les bénir votre voix s'accoutume ..
Ils ont laissé sans pleurs, sans amertume
Tous les plaisirs qu'annonçait leur printemps :

Ils ont montré que mourir pour la France
Peut être encore une sainte espérance
Pour un banquet de héros de vingt ans !

LE VAGABOND

Pâle, si je parais, chacun semble me craindre,
Mon Dieu ! des jours maudits m'ont couvert de haillons
Et de l'horrible faim je sens les aiguillons ;
Je suis sans un denier, riches, je suis à plaindre...

A l'ère du labeur un jour pourrai-je atteindre ?
Non ! .. à mon front la honte a marqué des sillons,
Mon orgueil est tombé, je ne saurais plus feindre
Et pour moi les errants ouvrent leurs bataillons.

Je demande le pain qu'un bras vigoureux gagne,
Qu'une liberté vraie au moins soit ma compagne,
Celle dont je jouis est fille de l'affront.

Mais, hélas ! repoussé de toutes les demeures,
Une voix me murmure : Il vaut mieux que tu meures,
Car le mot de — Paria — s'est gravé sur ton front !

L'AUMONIER

A M. Ad. Pétermann.

Dans une salle immense, à l'hospice, le soir,
Ne l'avez-vous pas vu, sur une face blanche
S'incliner doucement, ou par un beau dimanche,
Au chevet d'un mourant, rêveur, venir s'asseoir ?

Sur le champ du combat, c'est là qu'il faut le voir :
Le canon gronde... Lui n'entend rien, il se penche
Sans crainte, où sur le sol un sang noble s'épanche,
Car ces longs flots vermeils ont tracé le Devoir.

Mais après la bataille où brilla sa vaillance,
Prodiguant à chacun sa douce bienveillance,
Il a pour nos héros un éloge flatteur,

Et pour nos mutilés sa voix est attendrie...
Soldats, c'est votre ami, votre consolateur,
Sa vie est dans ces noms : Humanité-Patrie !

TABLE DES MATIÈRES

PREMIÈRE PARTIE

DEUXIÈME PARTIE

ERRATUM :

Page 15. — Après la pièce « A Dix ans », lire *Paris* au lieu de *Giromagny*.

Page 16 — Dans « La Mort d'une jeune fille », au 18ᵉ vers, lire le mot *flot*.

Page 18. — Après « Le Suicidé », Bayonne, août *1887*, au lieu de *1888*.

Page 24. — Après « L'Attente au rivage », Paris, avril *1887* au lieu de *1877*.

Page 28. — Après « Le Forçat », Paris, mai *1887* au lieu de *1886*.

Page 31. — Après « Honte », lire *1887* au lieu de *1877*.